奶的

个心愿

孙道荣 著

北方联合出版传媒(集团)股份有限公司
万卷出版有限责任公司

图书在版编目（CIP）数据

奶奶的半个心愿 / 孙道荣著. — 沈阳：万卷出版
有限责任公司，2024.10. —ISBN 978-7-5470-6622-5

Ⅰ．I267

中国国家版本馆CIP数据核字第2024LL8194号

出 品 人：王维良
出版发行：北方联合出版传媒（集团）股份有限公司
　　　　　万卷出版有限责任公司
　　　　　（地址：沈阳市和平区十一纬路29号　邮编：110003）
印 刷 者：辽宁新华印务有限公司
经 销 者：全国新华书店
幅面尺寸：145mm×210mm
字　　数：200千字
印　　张：8
出版时间：2024年10月第1版
印刷时间：2024年10月第1次印刷
责任编辑：姜佶睿
责任校对：张　莹
封面设计：仙　境
版式设计：亓子奇
ISBN 978-7-5470-6622-5
定　　价：38.00元
联系电话：024-23284090
传　　真：024-23284448

目录

第二辑　弯腰捡拾的童年

第三辑　小小的壳里住着你

第四辑　心中有张桌子

第五辑　阳光照到哪儿，就落地生根

第一辑
穿过窗帘的光

早晨的阳光，从窗帘西面的缝隙照进来，像一把剑，在墙角劈出一条亮光，那是新的一天在召唤。

火烧云

"天着火了。"我奶奶摇着芭蕉扇，扇出来的全是热乎乎的风，她的话音刚落，村西头的半片天空，就被烧得红彤彤了。

我爷爷是在晒谷场看到的。他扬起稻谷，稻芒飞扬，像蜻蜓翻飞。肯定是一片热情的稻芒，飞进了他的眼里，爷爷停下来，揉揉眼睛，再睁开时，看见了西边天空一片火海。红云使他黝黑的脸有了好看的血色。火烧云让他放心，明天又将是一个好天气，晒谷场只怕暴雨，他才不担心火将天边烧出一个大窟窿呢。

我妈妈是在秧田里看到的。刚收割过的水稻田，要赶着趟栽种下一茬，她埋头拔秧、插秧，绿油油一片，都是生机。她喜欢绿色，哪个农妇不喜欢绿色？麦苗是绿的，稻秧是绿的，菜园子是绿的，回家的田埂也是绿的，她的心头也是绿的，满是对生活的希望。她在绿油油的秧田里直起腰，抬头，看到了村庄，还有村庄上空的火烧云，像一朵一朵的大红花。你如果细看，其中的一朵，像是别在了村头的老槐树上，还有一朵最大的，仿佛是从我们家的烟囱里开出来的。

我爸爸正在耕地，背对着这一切，他没时间扭头看。但甩来甩去的牛尾巴，毛梢变成红的了，庄稼地像都铺了一层红毯似的。他扬起鞭子，在半空中打个响声，声音也是带了红色的。何况空气里弥漫着的都是火烧云的气息，他没有看到，他也听到，他没有听到，他也嗅到。

我跟他们都不一样。我正趴在院子的石凳上做作业呢，作业本变成红色了，像老师认真批改过了一样。我们家的院墙矮得藏不住秘密，我稍稍抬起头，就看到了院子外面，太阳已经落山，却偷偷放了一把火，把整个半空烧得通红。我的两个小妹妹，在院子里跑来跑去，她们的小脸蛋儿，都是红扑扑的，像是各有两片火烧云，一左一右，落在了她们的脸颊上。

我对于火烧云的全部记忆，都停留在了乡下，我小时候的某个黄昏。

却不是每个黄昏，都有火烧云的。须是晴天，头顶万里无云，云都跑到天边去了，像是集结的柴火，只待落日将它们点着。最好是雨后，天空被洗干净了，云也被洗得更白，像炸开的棉花，一朵一朵地相连，却留一些缝隙，让落日的光，能在其间自由地穿梭。阳光落在哪一朵棉花上，就像少年的眼睛，躲躲闪闪地落在少女的脸上，女孩儿的脸就红了，是那种白里透红的红，是那种红里润白的白。这样的火烧云，有羞涩之美。

雷雨之后的火烧云，最有意思。几个炸雷之后，头顶上的云，都变成雨，哗啦啦落了下来，浇灌了庄稼和树木。还有没来得及跑回家的娃娃，一个个成了落汤鸡。但你只用手往脸上一抹，雨不见了，云也不见了，被一阵风刮到天边去了。虽落败而逃，却心有不甘，不时打几个闪电，似是杀回马枪，可惜太远了，鞭长莫及，一点儿也没有了在头顶上炸开的威力。遥见闪电如白蛇，在火烧云中撕裂一个个白色的口子，转瞬就也被点着了，成为晚霞的一部分。

我喜欢骑在村口的老槐树上，远远地看天边的火烧云。它们很像我奶奶烧大灶时灶膛里的火光，你添一把柴，火就烧得更旺。肯定也有一只大手，往夕阳的炉灶里添柴火，白云就是柴火，天空之上，有的是白云，就像我们村的后山上，有的是煮饭的柴火。你添一把白云，再添一把白云，白云都点着了，烧红半边天。也不怕风，哪有火怕风的？风只会刮来更多的云，风只会让一朵朵云连在一起，燃得更旺。

多半是夏天，你才能看到这一幕。其他的季节，太阳在落下去之前，也会将它身边的白云点燃，但春天的白云是湿答答的，秋天的白云是软绵绵的，冬天的白云是硬邦邦的，就算是太阳的火苗，也不能完全将它们点燃，像灶膛里将要熄灭的火，缺少生气，不成气候。夏天之外的黄昏，都是晚霞，只能叫晚霞，是披散的一层红光，太阳一旦完全落下山，它们就马上变成了暗灰色。火烧云不一样，就算太阳落下去已经半个时辰了，熊熊燃烧过的余烬，也能将夜色染成暗红色。

如果你一直盯着火烧云，你能看见天空更多的秘密。太阳早已经不见了，半空之上火烧云的余光，还能照得见村口的小路。鸡鸭已经归圈了，耕完地的老牛，摇着尾巴回到村庄。家家户户的烟囱，都冒出白烟，它们也想成为一朵云，一朵火烧过的云，但微风会将它们吹弯，使它们升天的路变得弯曲而遥远。就在这时候，天空的秘密即将呈现。你仰头看看天空，那些刚刚还在天边被燃烧过的云，一朵又一朵，三三两两地飘到村庄之上。不知道是谁在火烧云里撒了一把稻谷，它们炸裂开，散成天空之上，一颗又一颗，白色的星星。

多少年过去了，我夹在拥挤的城市建筑里，天空总是灰蒙蒙的，已经难得见到火烧云。不知道我撒一把谷子在天空，还能不能像爆米花一样，炸出我乡下童年的满天星辰。

穿过窗帘的光

早晨五点不到就醒了。比我平时在家里早醒了两个小时。

是穿过窗帘的光，将我唤醒了。酒店的这间湖景房，坐西向东，窗外就是宽阔的湖面，一无遮挡，晨光从东方泛起，越过湖面，直抵窗前。厚厚的窗帘也没能抵挡住它，光从窗帘的缝隙进来，在床头找到了还在熟睡的我，将我晃醒。小时候，爸爸总喜欢掀我的被子，将赖床的我从热乎乎的被窝里揪起来，而穿过窗帘的光从来不这么直接而粗鲁，它才不掀我的被子呢。它知道怎样才能更温柔可人地将一个熟睡的人喊醒，它落在我的眼帘上，也不掀我的眼帘，它就那么晃啊晃啊，就将我的美梦通通赶跑了，将我晃醒了。

我翻身起床，拉开窗帘。水天一色，光一下子照进来，有的是从空中直扑进来，有的是从湖面一跃而起，还有的是从云朵上折射下来。傍晚，水面比别的地方黑得快，夜色如墨，一滴即可将一湖的水染黑；而早晨，有水的地方，却比别的地方亮得更快，水面如镜，它能让一粒光瞬间变成无数的光，将天空照亮。窗帘怎么挡得了它？

窗帘是光的对立面，它似乎生来就是为了遮光的。

窗帘的布，往往是深色的，厚重，这样可以更好地遮住光。但光岂是轻易就能阻挡的？只要有一点儿缝隙，光就能穿透进来。窗帘与窗棂之间的缝隙，就是光自如穿梭之地；窗帘与墙壁的间隙，更是光的一条坦途。再高明的裁缝，也做不到让窗帘与窗户严丝合缝，不漏一点儿光。我住过很多房子，每个房子都有窗户，也有窗帘，还没见过一个窗帘是能完全挡住光的。我又不是在暗房里冲洗照片，也不是为了拉上窗帘做什么见不得人的勾当，何惧光哉？

何况，窗帘的美妙之处，恰恰就在于挡住一些光，也放一些光进来。

很多时候，我随手拉上窗帘，却并不拉实，就是为了让房间里的光不多也不少。有光，却不刺眼，暗，却非昏暗。妙在光影之间，有虚有实。光也识趣，明了我的心意，只进来恰到好处的光，让我正好看得清手中的一本书上如豆的文字，或者坐在对面与我闲聊的朋友脸上生动的表情。半遮半掩之下，光的样子才最有趣。有明亮的，是直接照进来的一束光；也有暗淡的，梦幻般的，是窗帘所遮挡的影子。此时，如若再有一点儿微风，轻轻地抚动窗帘，则光也摇曳，影也晃动，光亦有影，影亦泛光，何其曼妙哉？

最有意境的，还是纱帘。纱帘也算是窗帘吧，但它却向来不以遮光为目的。来到纱帘前的光，似有，更若无。纱帘能放进来大多数的光，而只将最炫目的光，稍稍地挡住，减弱一丝它的锋芒。纱帘又是如此轻薄，如翼，没有风，它也自己生出些风，穿过纱帘的光，便像荡千秋一样，左右、上下、前后地摇晃，在你面前玩着光与影的游戏，足够你消磨一个周末午后的时光。

早晨的阳光，从窗帘西面的缝隙照进来，像一把剑，在墙角劈出一条亮光，那是新的一天在召唤。这时候，你呼啦一下拉开窗帘，躲在窗帘后面的阳光，像一大群顽童，一齐扑进你的怀里，清晨的房间里，到处回响着叮叮当当的阳光之声。到了黄昏，西斜的阳光从窗帘东面的缝隙挤进来，它照耀了你一天，现在是来跟你告个别呢。而到了晚上，家家户户卧室的窗帘都拉上了，橘黄色的灯光，从窗帘映出来，这是一天当中，唯一一次，光是从房间里面映射到外面的。晚归的人，抬头看见自己家的卧室窗帘背后那盏亮着的灯，他身上的倦意，以及笼罩他的黑暗，就都不那么可怕了。

我明白了，窗帘的使命并不是挡住光，它只是来向你透露光的秘密呢。

唤醒食材里的小精灵

奶奶最拿手的，是做手擀面，筋道，有弹性，出锅不粘，入口不化，丝丝缕缕，哧溜地吸进嘴里，如长龙入海，如兔子归窝。一碗擀面下肚，肚子服帖了，力气有了，下地干活儿的爷爷和爸爸，还有去上学的我，就都有了使不完的劲。

同样的面粉，同样的水，同样的锅，同样的柴火，我娘就做不出这个味道。村里其他的婶和其他的婆，也都做不出。她们也和面，揉面，把面切成丝丝条条，但做出来的味道，就是不一样，感觉差了点儿什么。我看出了她们的区别。别人做的面条，都是现和，现揉，现切，火急火燎地一阵忙碌，做出来的面条，热腾腾，也黏糊糊，跟面疙瘩汤似的。这也怪不了她们，地里的农活儿多，得赶紧填饱了肚皮，继续下地去干活儿。我奶奶就不要做农活儿吗？当然也要。除了干农活儿，她还要照顾我和两个妹妹呢。但就算再忙，头天晚上睡觉前，她都会将面粉加水，和好，揉好，然后团成圆鼓鼓的馒头状，盖上一块干净的布。

我好奇地问奶奶："是不是让和好的面，跟我一样，先睡个懒觉，才变得好吃？"

奶奶笑了，说："面跟你这个小懒虫可不一样，它不是睡觉，我是将它喊醒呢。"

明明是将和好的面，搁了一夜，还盖上了"被子"，这不就是让它蒙头大睡吗，怎么反倒是把它喊醒？多年以后，我才从书本上得知，奶奶比别人多做的这一步，叫"醒面"。

醒过的面，才更筋道。面粉的主要成分叫胚乳，它就像个聚宝盆一样，几乎储存着一粒麦子的全部营养——淀粉和蛋白质。其中的蛋白质又包括麦谷蛋白和麦胶蛋白，当加入水并反复揉之后，水和面粉融为一体，具有延展性的麦胶蛋白，就会与具有弹性的麦谷蛋白混合在一起，形成一种富有弹性的网状结构，即面筋。没错，正是面筋使面食更加筋道。但是，反复地揉面，会使蛋白质的分子产生弯折，扭转，产生一种对抗的内应力。将和好的面静置，就是让这些扭曲的蛋白质分子放松下来，舒展开，从而再次变回它固有的柔软光滑的本来样子。

我奶奶不识字，她可不明白其中的科学道理。但我奶奶知道，她收获的每一粒麦子里，都藏着我们一家人的汗水，也都住着一个可爱而古怪的小精灵。她要在它们成为食物前，再给它们一点儿时间，让它们自己慢慢地苏醒过来，舒展开来。一辈子热爱劳动并珍惜每一粒食物的奶奶，只有一个朴素的愿望，就是不让她的庄稼和她的家人，受一点儿委屈，日子可以穷，但心一定要舒展。

就像一粒麦子一样，很多食材里，都住着这样一位小精灵，我们在享用它们之前，也需要将它们的小精灵——唤醒。

茶里也住着小精灵。绿茶里的小精灵，一定是住在嫩绿的叶尖上的，你看到的绿茶全身毛茸茸的白毫，应该就是它们的化身吧，只待沸水一冲一泡，就将掩藏在茶叶体内的漫山遍野的春天气息，飘忽到你的鼻尖，呈现到你的舌尖。这样的小精灵，时刻保持着这些采自乡野的茶的新鲜和清醒，泉水只帮你喊了一嗓子，它们就全都呼啦啦地醒过来了。第一泡里，春风的味道最浓烈，泼了岂不可惜？绿茶自然是不需要醒的。白茶、红茶和黑茶，却不一样，发酵之后，它们就紧紧地拥抱在一起，沉睡了，且这一睡，经年。酣睡中的白茶、红茶和黑茶，几乎忘记了自己是一饼茶，也似乎早淡忘了乡野、春雨和村庄的样子了吧，只顾埋头酣睡，睡得越酣，存得越久，这种茶的味道越浓烈。只是即使最滚烫的第一泡沸水，也难以将它从久远的睡梦中彻底唤醒。你需要像那个采摘它的漂亮村姑一样，唤着它的乳名，喊它一嗓子，再喊它一嗓子，才能将它的魂魄唤回来，让它将积淀在体内的茶香和自然的气息，全部带回并激发出来。

醒茶又分干醒和湿醒。干醒，多是茶饼，如黑茶，如白茶。将茶饼撬开，让搂抱在一起的茶们散开。唉，它们拥抱得太久啦，舍不得分开呢，你需要点儿耐心和力气。散开后的茶，先透透风，喘口气，神情会像一个睡过了头的人，呆呆傻傻的样子。别急，给它一两天时间，它就缓过来了，它就会想起它是一饼茶了，它就会把它蕴藏的全部秘密都通过一缕浓茶香奉献给你了。有些红茶则需湿醒。所谓湿醒，就是给茶先冲个凉，泡个澡，将它身上的尘埃和倦气，冲洗掉，恢复它干干净净的白面书生模样。湿醒过的茶，叶片会更加柔软、舒展，现出青春的活力，从而将茶香全部激将出来，饮之如甘露，回味无穷。

小时候，每天早晨，我睁开蒙眬睡眼，端起饭碗就要吃面条。奶奶却总是会让我等一会儿，再等一会儿，等我的味觉，我的身体，还有我的心，一起真正地苏醒了，才能吃饭，而我总是等不及地狼吞虎咽。人到中年，现在我明白了，唯自己的身体也醒了，唯我们自己体内的小精灵也醒了，我们才能真正品尝到食物的美味和人生的滋味呢。

老牛身上有群"流氓"

老牛不耕地的时候，我放它。

我喜欢骑在它的背上，它走路，我也跟着一颠一颠的，连西边的落日，也跟着一颠一颠的，一弹一弹的，不肯落山。它停下来吃草，我就低头看着它用长舌条将草卷起来，送进口中，草是绿的，我的眼里也全是绿的，有了生机。但如果它顺口卷一舌路边的庄稼，我可不能答应，那是我的粮食，我们的粮食。

骑在牛背上，有很多乐趣。但是，夏天我可不愿骑在老牛背上。

不是嫌它的皮粗糙，乡下孩子的皮，并不比它的皮细腻多少。也不是嫌它身上有汗味，它一天泡在池塘里洗的澡，比我一个月的都多，干净着呢。但它身上有牛虻，讨厌的牛虻。

牛虻是来吸它的血的。那么多的牛虻，吸附在它的肚皮上、腿肚子上、脖子上、头上，到处都是牛虻。它们嗡嗡地飞来，落在老牛的身上，落在哪儿，就在哪儿吸血，吸饱了，再跟跟跄跄地飞走，像一个个酒足饭饱的醉汉。

老牛肯定比我更讨厌这些家伙。它不停地摇着尾巴。老牛的尾巴很有意思，只在末梢有一簇毛，这让它的尾巴看起来像一根鸡毛掸子。老牛左边扫一下，右边掸一下，所及之处，牛虻都不敢落下，或赶紧逃走。可惜，它的尾巴不够长：往左，最多扫到左边的屁股；往右，也只能掸到右边的屁股。两边的屁股，都被它的尾巴扫得光溜溜的，却没能打到任何一只牛虻。胆子最大的牛虻，就落在跟牛屁股紧挨着的肚皮上，那儿的皮最薄，最容易下嘴。老牛的尾巴鞭长莫及，不光被吸了血，还备受羞辱。埋头吃草的老牛，有时候会突然抬起头，一扭脖子，用它的犄角，狠狠地戳向自己的肚皮，戳向那些偷吸它血的牛虻。但它的犄角太尖了，能扭转的幅度又不够大，它能戳中一只牛虻的概率，并不比一根飞针穿过针眼更大。我只听到了嘭的一声，唉，可怜的老牛，白白地用自己的犄角，狠狠地戳中了自己的身体。

老牛还有蹄子啊。老牛也想到了它的蹄子，它就抬起一只后蹄，试图挠一挠肚皮，赶走那些"吸血鬼"。老牛的蹄子太笨重，只有在耕地的时候，无论是旱田还是水田，它才能牢牢地站定，蹄子咬住大地，拖着犁耙向前。但它对付肚皮上的那些牛虻，却一点儿作用也没有。如果老牛的四只蹄子换成四只手，老牛一定早就噼里啪啦一阵乱拍，将那些"吸血鬼"全部拍成烂泥。

老牛没有手，我有啊。每次放牛的时候，我就围着老牛转圈，搜寻那些吸附在老牛身上的牛虻。这里有一只，一巴掌拍下去，正在贪婪地吸着血的牛虻，被我一巴掌拍成肉泥，我的掌心里全是鲜红的血。这不是牛虻的血，是老牛的血。这里又有一只，"啪！"又是一巴掌。从来"弹"无虚发。不是我的手有多快多狠，是这些"吸血鬼"太贪婪太愚蠢，只顾着吸血了，浑然不知道老牛也是有保护神的，放牛娃就是老牛的保护神。每天放完牛回家，我的双手都是红通通的，要一大盆水，才能洗干净。

但我不可能一直守在老牛的身边，帮它消灭牛虻。老牛自己也有办法。它喜欢泡在水里，之前我以为是天太热，后来我才知道，它是为了躲避那些吸血的牛虻。牛虻围着水里的老牛，在水面嗡嗡地飞，它们很快就找到了浮在水面上的老牛的头。老牛的头上，除了鼻子、嘴巴和耳朵，全是骨头，牛虻可不想一针扎下去，扎在骨头上，折了自己吸血的器具。它们专挑老牛头上的软肋，比如鼻子，或者耳朵。泡在水里的老牛，不停地扇动耳朵，把牛虻赶走；它伸出舌头，往鼻子上卷，牛虻差一点儿就像一根草叶，被卷进老牛的嘴里。这么说，牛虻就没有办法在老牛头上吸血了吗？可恶的牛虻，它们找到了老牛最脆弱的地方，老牛的眼皮。老牛瞪着大大的牛眼，怒不可遏，却一点儿也奈何不了在它眼皮底下，明目张胆地吸着它鲜血的这些"吸血鬼"。

老牛还喜欢在烂泥地里打滚儿，将自己的全身，弄得灰头土脸。每次看到老牛身上又是厚厚一层烂泥巴，我就会将它拉进池塘里，然后，我也跳进池塘里，将它的牛身，上上下下都洗干净。直到有一天，爷爷看见我在给牛洗澡，就告诉我，牛在烂泥里打滚儿，是想全身裹一层泥巴，让牛虻无从下嘴，我不该将它身上的泥巴洗掉。我才知道我好心办了坏事。但老牛从不怪我，就像我有时候一巴掌拍在它身上，却啥也没打着，老牛也不会因为疼痛而拿牛眼瞪着我一样。

夏天的夜晚，奶奶摇着芭蕉扇，帮我扇凉风，还赶走了蚊子。我想到了躺在大树下的可怜的老牛，没人帮它扇凉风，赶走牛虻。奶奶说："你看看爷爷在干什么？"我看见爷爷正在牛的旁边，架起了一些微湿的稻草，擦根火柴，将草点燃。这么热的天，爷爷不会是给老牛烤火吧？草堆冒出浓烟，飘飘悠悠，向着老牛的方向扩散开。我明白了，这是帮老牛熏走牛虻和别的蚊虫呢。

也不光是我家，家家户户，都会在自家的耕牛身边，燃起一堆微湿的草，让烟赶走"吸血鬼"们。夏天的夜晚，那在村庄上空弥散的一股股白烟，是庄稼人，对他们的耕牛——他们最好的伙伴，所能做到的呵护。

稻草暖

家里来客人了，晚上睡哪儿？

家里五口人，两个大人，三个小孩儿，两张床。大人睡一张床，三个小孩儿挤一张床。没床了，睡地上，还真的是睡地上。打地铺。家里的堂屋有多大，地有多大，床就可以有多大。一两个客人，五六个客人，甚至更多，都睡得下。

男人抱来了稻草，一捆，又一捆，拆开，铺在地上。一层，又一层。天有多冷，稻草就铺多厚，草是穷人抵御寒冬最好的武器。而一个农民的家里，最不缺的，就是稻草。稻草是夏天收割的，稻谷填饱了我们的肚皮，稻草堆成垛，苦等冬天，寒风可以将稻草吹得又黄又枯，却掠不走它身上的暖。它要将暖带到冬的深处，递给穷人。

女人翻出了家里的棉絮，如果有两床棉絮的话，一床垫，一床盖。穷得只有一床棉絮呢，也没关系，稻草铺得再厚一点儿，不好看，却能跟棉絮一样暖。只要有一床棉絮，将客人的身体和稻草的暖盖住，就不怕冷钻进去。人多，盖不住的脚，用自己脱下来的棉衣盖，一样能将暖留住。只是女人的面子有点儿挂不住，像屋檐下的冰凌子，又长又尖，戳破了一个家的寒酸。客人笑笑，拍拍地上的稻草，说："嫂子，这草厚实着呢，柔软着呢，暖和着呢。"

真的暖和。我跟大人去走亲戚，也常常睡这样的地铺。张阿婆家的稻草，又长，又厚，颜色黄而白，干净，暖和。都是她从草垛里，一把一把挑出来的。遇到好太阳的时候，她还会将稻草铺开在家门口，让它们晒太阳，像晒被子一样。她家的稻草里，除了稻草自身的暖，还多了阳光的暖，两种暖像一对夫妻，住在一根稻草里，相亲相爱。客人来了，稻草就将它们的暖，大方地递给客人。

家里来的如果是男客，或者有跟我一样大的孩子，我就从床上溜下来，钻进他们的稻草窝里。我喜欢"窝"这个字，我的家就是一个窝，村里的家，都是一个个窝。土墙上有缝，风和冷，就是从这个缝里钻进来的，很容易地找到了我们的床，钻进我们的被窝里，冻得被子直哆嗦。风和冷却是傻瓜，不晓得贴着地面走，没看见铺在地上的稻草，还有躺在草里的人。就算看见了，风和冷也扯不动一根稻草和它的暖。我们压着它，守着它，护着它呢。

钻进地铺，每一根稻草，都发出沙沙的声音。稻草的童年是稻秧，稻秧拔一次节，就长高一点儿，拔节是有声音的，只有青蛙听得见；一株水稻抽穗、灌浆，一日日饱满，水稻心生欢喜，笑弯了腰，它的笑声，只有扛着铁锹的农夫听得见；收割的时候，水稻和根分离，像孩子长大离开了家，只有挥镰的农妇听得见。当水稻只剩下一根草，当草铺在地上，成了一张床的时候，只有睡它的孩子听得见。是的，我听见了稻草跟我说话，说的是与我一样最土的方言。一根草是不会发芽的，它把发芽的希望，留给了稻谷。一根草除了做牛的饲料，或者烧饭的柴火，已经没有了别的任何梦想，但它却让睡在上面的孩子，安心地做一个暖暖和和的梦。

睡地铺最大的乐趣，是你可以在上面翻滚、打闹，而不担心摔下来。你在床上做了个噩梦，或者被犯迷糊的弟弟踹了一脚，可能就从床上掉下来了。地铺上不会。你只会从一捆草，滚到另一捆草，总有一根稻草，拦住你，保护你。你不会从地上掉到地上，就像一个人，不会从穷掉到穷。我与几个堂兄弟和表兄弟，还有村里跟我差不多大的孩子，都挤过地铺，第二天早晨起来，我们的衣领里，都会留着几根稻草屑，让脖子暖而痒。

铺地铺的稻草，第二天会卷起来，回到外面的草垛，寒风吹得它瑟瑟发抖，它的暖，昨夜都给了我们。那时候，我们睡的床上，也是铺着草的。你掀开村里任何一家的床，都能看到下面，铺着一层厚厚的稻草。所不同的是，它这一铺，可能就是整个冬天，它被一个个寒冷的夜晚，碾压得又实又湿，失去了一根稻草应有的样子，就连一头饥饿的老牛，也不愿意咀嚼它。它只能做柴火，却烧不出旺，不大的火苗里，冒出来的，是积攒了一整个冬天的寒气。

堆在院子里面的草垛，是一个个垒在一起的暖，夜晚或者下雪的时候，狗在草垛上掏出一个洞，钻进去，草比它的毛还厚实，挡冷。狗对着纷飞的雪乱叫，追着风的影子狂吠，却永远不会向一个稻草垛汪汪叫，那是它的窝，是它的家，是它的暖。而到了春暖花开，稻草垛上的那个草洞，会被一只芦花母鸡看中。它在里面偷偷下了一个蛋，又下了一个蛋，你的小手伸进去，掏出来的，是一枚枚希望，是一粒粒暖。

去年冬天返乡，亲戚家办喜事，来了很多客人，家里四个房间四张床，都睡满了。时隔多年，只好又抱来稻草，打地铺。亲戚让我睡正屋的席梦思床，我坚持跟几个老伙计挤地铺。我们聊了很久很久。夜已深，稻草暖暖地听着，恍若昨日。

农具上的光

四月，父亲从墙上取下悬挂着的镰刀，经历一个冬天的沉睡，以及春天弥漫在空气里的湿气的浸润，镰刀显得有点儿钝，像一个还没有睡醒却又被雾气笼罩了的孩子，有点儿蒙头蒙脑。它甚至已带着一些锈迹了。岁月总是给那些带着锋芒的铁器，先涂抹一层锈斑。但这并不能遮盖一把镰刀的光。

父亲取下它，用指腹试试它的锋芒。父亲的手指上，留下了一抹锈斑。镰刀惭愧地弯着腰。一把镰刀的腰，永远是弯曲的，有时是因为羞愧，更多的时候，则是为了蓄势，如弯弓待发。就像我的老父亲，一辈子侍弄土地，在庄稼面前，他的腰也总是弯的。此刻，只需要一块磨刀石，就能将这把镰刀身上的光，重新唤醒。

四月的乡村，家家磨刀霍霍，炸裂的空气，传播着麦子开镰的消息。父亲要一口气将家里的三把镰刀都磨好。一把镰刀是母亲的，一把是父亲自己的，还有一把留给我或者妹妹，我们谁先放学回家，它就是谁的。我在地头放下书包，看见麦地里寒光闪闪，那是父亲或母亲手上的镰刀，发出的光。他们两人用的镰刀，更大，也更锋利。小憩的时候，他们就将镰刀扎进一捆麦秆上，微微露出来的那点儿刀身，阳光落上去，熠熠闪光。如果是三把镰刀同时扎在一捆麦秆上，我们也能一眼就辨别出，哪把镰刀是谁的。我是根据大小去分辨的，而我的父亲和母亲，是从刀柄上辨识的，他们俩使用的镰刀，刀柄更光滑、更润泽，仿佛有一层包浆。

是的，每个农具上，都有这样两道光，一道光是铁的锋利，一道光是木的润泽。铁的锋利是磨刀石磨出来的，木的润泽，则是农人的皮肉和汗水磨砺出来的。

镰刀是这样，铁锹也是这样。我们家的大铁锹，是父亲专用的，一个乡村男人，大铁锹就是他的标配，它像男人一样顶天立地。判断一个乡下男人够不够勤劳，只需要看一眼他手上的大铁锹，锹头是不是锋利，锹柄有多光滑。锹头的锋利之光，来自土壤，干燥的土疙瘩也好，水稻田的烂泥也罢，铁锹插进去，将土一锹锹、一块块、一层层挖开，土与铁的摩擦、纠缠、翻滚、裹挟，使铁锹头变得愈加锋利。土被埋没得越久，颜色就越黝黑，铁锹让它翻了身，它就给铁锹再镀一层光。锹柄上的润泽之光，则是农人的双手与之日日厮磨而成，木柄将农人的双手磨破了皮，渗出了血水，又结成了粗糙的手茧，而正是这糙手之糙，才将铁锹的柄磨得光滑锃亮。

一把铁锹的头钝了，拿到铁匠铺回炉锤炼，就可以快速找寻回它的锋利，找回它的光。但锹柄上的光，唯有你天天使用铁锹，用你的皮肉磨砺它，才能使一根木头变得圆润，泛出光芒。父亲用的那把大铁锹，因为锹头损伤，或者钝拙，而去铁匠铺换了几次，但那个水曲柳做的锹柄，他却用了几十年，从未更换，他说用顺手了，不舍得换。黑暗之中，十几把铁锹并排插在田头，父亲仅凭摸一摸，就能找到他自己的大铁锹。他像熟悉自己的手一样，了解自己的锹柄，他的手能看见锹柄上的光。

　　我们家的锄头，大多数的时候是奶奶用。她身材矮小，锄头的柄也比别人家的略短一些，锄柄上，留下两处光滑的痕迹，那是奶奶的双手握住它的地方。锄柄是黄榆木做的，硬而糙，但锄柄头三厘米的地方，锄柄身三分之一的下方，被我奶奶的手，磨得光滑锃亮。到了农闲时，锄头靠在墙角，晚上煤油灯的光淡淡地照过去，锄柄身上，只这两块亮亮的。奶奶去世后，这把锄头因为锄柄太短，而很少被人使用了。过了很多年，锄柄身上的那两块仍然是光滑的，摸上去还很丝滑，虽然它的光逐渐变淡，和我对奶奶的记忆一样，但我知道，没有谁能抹去我奶奶在它身上留下的几十年的印记和光。无情的岁月，一时也做不到。

　　铁犁曾经是必不可少的农具，但它一年之中，只在翻耕土地的时候，才会派上用场，大多数的时候，它被闲置在农具堆里。我们家的铁犁，还是我爷爷的上辈留下来的。铁犁的头，已经换过几次，犁身，却一直保留了下来。和大多数的农具一样，它的身上，也有两处光，一处是铁的犁头，一处是犁把，犁田时，手牢牢握住的地方。这铁犁，太爷爷、爷爷、父亲和我，四代人用过，犁把之上，一手可握的地方，留着我太爷爷的汗水、我爷爷的汗水、我父亲的汗水，还有我的汗水。光滑的犁把，聚着汗水之光、岁月之光、生命之光。这张犁背后，还有一道光，那就是一头头一代代耕牛脖颈之上的光。一头耕牛，牛轭是它一辈子的枷锁，它的命运，就是拉着人的生计，步履艰难地向前。牛轭会将它的脖子磨出血，磨脱皮，然后，结茧，一层层的厚茧，又被磨得发亮、发光。它和犁把上的光是一样的，与握着犁把的那只大手上的茧和光也是一样的。

所有的农具，只要它被经常使用，只要它被反复操持，它就一定会记住你的汗水、你的磨砺、你的艰辛，它就一定会留下它的光，而那，也是你的光。

鸟巢是冬风留给春风的窝

冬风吹到我的家乡，抬头一看，咦，怎么树上还挂着一片大叶子？

风吹眯了自己的眼，没看出那是鸟窝，不是树叶吗？风的先头部队，已经将我家乡的树叶子都摘走了。冬天的风狂野得很，嘶吼着"你们都黄了吧"，叶子就齐刷刷都黄了。紧跟着的风命令道"你们都落了吧"，叶子就哗啦啦都落了。鸟巢不是叶子，鸟巢不落。风不能答应，所以让树枝成为它的哨子，呼呼地鸣叫，催促那片大叶子快点儿滚蛋。鸟巢上的那些枯枝，也跟着欢叫，它们叠加在一起，能吹出更复杂的哨声。风无奈地赶往下一棵树。

水落石出，风过鸟巢出。当树上还挂满叶子的时候，连最眼尖的村娃，也没看出这棵树上，还藏着一个鸟巢。你没看见的鸟巢还多着呢，这棵树上有，那棵树上也有，最远的那棵树上，一东一西，有两个鸟巢。它们应该是鸟兄弟，分了家，一鸟一窝，像村里的大张老头儿和二张老头儿，也是两个老兄弟，也分了家，一南一北，而我们这些光屁股的娃娃，从大张老头儿家跑到二张老头儿家，就是捉迷藏。但你不能数着村边的树，就以为有那么多鸟巢。不是每一棵树，都配做鸟巢，有些树还没有长大，有些鸟也还没有长大，它们互相等待。树和鸟都长得很快，不会让对方等得太久。

这下你应该明白了，为什么春天和夏天，会有那么多鸟，飞到我们的村庄，它们没上我家，也没上你家，它们有自己的家。它们的家，就在这些树上。树掩藏了它们的家，树也庇护着我们的家。如果你在春天数得出来，村里有多少间房子，你就能在冬天数得出来，围绕在我们村边的，还有多少鸟窝。村里的许多房子，在农闲的时候是空的，年轻力壮的人，都跑到城里去了。就像这冬天的鸟巢，挂在黑魆魆的树梢上，也是空的。只要是个窝，不管是人住的，还是鸟住的，都难免空一空，等待春风，以及被春风唤回来的那些人，还有那些叽叽喳喳的鸟。

我抬头看到，那些鸟巢，都是树枝搭成的，一横一竖，一撇一捺，跟刚上学的娃娃写的字一样，看起来乱糟糟，其实都是有意思的，你跟我奶奶一样不识字，你就看不明白。而我总算搞清楚了，树上落下来那么多小树枝，除了被我奶奶捡去当柴火烧了的，剩下的，都被那些鸟衔去盖它们的房子了。村里有个糊涂蛋，爬到了树梢，去掏鸟窝，掏了个空。哪个鸟会在冬天孵蛋啊，活该你叫糊涂蛋。

即使是最强劲的寒风，也对这些高高地挂在树梢上的鸟巢无可奈何。寒风只往暖和的地方钻，它从门缝和窗缝，钻进了我们的家，将我们写字的手冻得通红。它还带来了雪花呢，雪花只会把我们的手搓得更红。还有一些雪花，不愿意被我们堆成雪人，或者握成雪团打雪仗，它们就落在树枝上，以及鸟窝上，鸟巢就戴上了厚实的白帽子，可惜我们仰头也看不到它好看的样子。肯定有几丝寒风，不愿意再南下了，树上没有一片叶子供它们歇息，它就溜进了某个鸟窝里，匍匐下来。我们从光秃秃的大树下经过，忽然听到树上掉下来一点儿小动静，你以为是提前归来的鸟吧，其实不是，也许是偷懒的寒风，冒出的一句梦呓。

那些高高的空鸟巢，兀自悬挂在我辽阔的家乡，它不是冬天的风景，它只是一只只生活在我家乡的鸟挂在树上的念想。它摘去的树叶，春风还会捎回来，一片叶子也不会少，就像那些暂时南迁的鸟，还会回到我们的村庄、大树和田野，既是我们的家园，也是鸟的家园。

与我们的爸爸妈妈不一样——春节一过完，他们就捏着一张好不容易抢购来的车票，赶回城里，又去扎钢筋，或者扫马路了。鸟却是被寒风赶走的，只待春风一吹，它们就会回来。天空是它们的路，它们从不会迷路。它们从高空飞过，远远地就能看到我们的村庄，村庄四周的大树，还有树上那只孤零零的窝——那是冬风留给春风的窝。

切换日子

街头偶遇老同事。

自从他退休后，难得见面。他拉住我的手，关切地问单位怎么样，聊诸同事现在的状况，还有单位大院里的那株玉兰树，今年有没有开花。这株玉兰树，还是他刚进单位时种下的，已经碗口粗了，年年都开花，白的，像杯盏，昂头看，似与天空对饮。

就这样，我们站在街头，聊了一二十分钟，我看看手表，不能再聊了，单位还有事，等着办呢。老同事聊兴正浓，见我要走，悻悻地问："今天还要加班吗？"我笑着说："不是加班，今天星期二，是正常上班。"老同事拍了拍自己的脑袋，讪讪而笑，说："今天是周二啊？你看看我，自从退休后，每天闲暇无事，都不知道是周几了。"我乐了，说："你现在天天都是星期天，多自由啊，多惬意啊！"

退休之后，不用再每个工作日都朝九晚五了，自然也不关心每天是星期几。我的岳父母也是这样。他们都是老师，在岗时，一个是班主任，一个是主课老师，周一到周五，每天都一早到校，很晚才回，就连几个孙辈出生时，他们也都没时间到场，更没时间帮忙照顾。退休之后，他们的日历从星期模式，一下子切换到了退休模式。日子再也不分是周一周五，还是周六周日；不用早起，也不用晚归；不担心迟到，也不害怕因事而误工。很长一段时间，他们不能适应，尤其是"工作狂"的岳母，听说有几次一早爬起来，匆匆忙忙洗漱，火烧火燎地出门，出了小区大门才想起来，自己已经退休了，再也不用上班了，再也没有工作日了，再也没有学生在课堂等待她了。他们艰难地，也慢慢地习惯了退休后的日子，他们现在的日子简单而纯粹，只分白天和夜晚。

在职时，我们习惯于星期模式，你可以不知道今天是几月几号，但你一定不能忘了今天是星期几，不然，那堆永远也忙不完的工作，会通过领导的电话扑过来咬你。在岗的人，最关心的，也是怎么还没到周末。而周一到周五，跟个裹脚的老太太一样，总是走得慢慢吞吞，周六和周日，又总像偷了谁东西的小偷一样，溜得贼快。

也有例外。刚买房子的那几年，因为银行还款日是每月的五日前，我对日期就特别敏感，一到月底，我就开始紧张，生怕误了月初的还款日，落下信用污点。我们单位是每月三日前发工资，发了工资我才有钱还贷款，有时候恰好赶到三日是星期天，工资就很可能拖到星期一的四日才发。那一天，就是我的灾难日，不停地刷手机，看看工资有没有到账。几年之后，我们提前还清了贷款，但还款日却像枚钉子一样，深深地嵌进了我的骨髓里。直到今天，偶尔看日历，打眼看到任何一个五日，我都忍不住打个寒战。

一天，母亲忽然打来电话，祝我生日快乐。我说："老娘，你搞错了吧？你儿子生日不还有一个多月才到吗？"母亲说："今天是你农历生日啊。"老母亲一直生活在乡下，做了一辈子的农民，她过的是农历，而我自从上学之后，早已习惯于公历。我们的日子模式是完全不一样的，她活在芒种秋分里，我活在工作日和双休日中。但每年一到春节前后，我的日子模式，就会自动切换到农历。我不再关心今天是公历的几月几号，也不再在意今天是星期几，我只盘算着还有几天过年，还有几天我就能借着长假，回到我的故乡。春节那几天，十四亿人都集体生活在农历里。今天只是除夕，管它是几月几号；今天只是大年初三，管它是星期几。

每年的年休假，我都会和妻子一起，找个地方去旅游，不跟团，只自驾，看山看水，看人文看古迹，不亦乐乎。游走的地方多了，发现去什么地方，看什么风景，其实并不重要，重要的是，那十来天，日子的模式再次切换。你可以暂时不用活在星期几，也完全不用管它是几月几号，每天就是纯粹的白天和夜晚，吃饭、睡觉，看景、发呆，那才是日子本来的模样，那才是生活最好的一种模式吧。

树冠所经历的风雨

树冠是树的脸。

我们看一个人，先看他的脸。看一棵树，也是先看它的脸。远远地，你看见一棵树，看见的实则是它的树冠，如华盖，如天蓬，郁郁葱葱在天地间。走近了，我们再端详它的干、它的枝、它的叶。

我们直视一个人，往往是盯着他的眼睛。看树也一样。树有眼睛吗？有。如果它开花，花就是它的眼睛；如果它结果，果就是它的眼睛；若它既不开花，也不挂果，那么，叶子就是它的眼睛。一棵树有多少片叶子，就有多少只眼睛。每一只眼睛都绿油油水汪汪的。这么多眼睛，树看世界不散光吗？树看从树下走过的我们，不凌乱吗？树能从不同的角度看一切，不散光，不凌乱。

树冠这张脸，也与我们人脸一样，饱经沧桑。

风每天抽打它。微风吹拂它，如爱人的小手；大风撕扯它，如失恋人的争吵；狂风蹂躏它，如狂躁暴怒的敌人。树让我们看见风的存在。风就潜伏在树的四周，随时兴风作浪。树冠不怕风，若一直无风，树会寂寞。岂止不怕，树大了，还招风呢。它派出最边缘的一片树叶，向风招手，你放马过来啊。风就过来了，猎猎作响。风来的时候，你看到的树叶，就像鼓掌的手，一片拍着另一片，热烈，无序，乱作一团，响作一团。大风之后，你看到满地的落叶，那都是风的战利品。树冠变得疏朗了，露出了它黑色的小枝，像一张老脸上密布的皱纹。树不惧，不在乎，它能很快长出更多的小叶，迎接八方来风。

雨也抽打它。雨是树冠喜欢的客人，总是带着礼物来，给树以滋润。但雨是个坏性子，想来就来，说走就走，常做不速之客。有时候是毛毛雨，温顺得不得了；有时候又借着风的威，噼里啪啦地打树冠的脸。树冠由着它，且在雨过之后，还在每一片叶子上，都留下一两滴雨，不时漏下一两滴来，表达对雨的念想。

阳光炙烤它。阳光算得上树冠的兄弟，有手足情，但阳光脾气不好。你需要它的时候，偏软绵绵，苍白无力；你已经成"热狗"了，它却热情似火。我们在树荫下纳凉的时候，不会想到，头顶上的树冠也如芒刺在背。树冠烤不出汗，如一个闷头发着高烧的人。当它体内的绿汁被烤干了，它就蔫了，卷了，落了。

你看看，一张树冠，经风吹，历日晒，遭雨淋，可不沧桑吗？

但这并非树冠的一生所历经的所有苦难。

我在新西兰的西海岸看到一片树林，所有的树冠，都是倒向东北侧的，远远看去，如一群埋伏待冲锋的士兵。以我的常识，一棵树的树冠，南侧向阳的枝叶应该更茂盛，何以这片树林，树叶反而都集中在东北侧？当地的朋友告诉我，这里常年只刮西南风，没有东风，没有北风，也没有东北风、东南风、西北风。风从大海而来，呼呼地爬上岸，向东北狂奔。一路之上，所遇之物，无不向东北而卧，以躲避风的锋芒，如我们逆风倒着行走，做出弓状。大风之后，旗帜回到了原来的位置，行人站直了身姿，而那些一次次被大风碾压的树冠，却再也回不到原来的样子。每次它们刚想站直了，紧随而至的西南风，又将它们的头颅，扳向东北，连回望一眼，都成为奢望。

树冠并不惧风，即使风一直试图折断它，甚至连根拔起它。但种树的人，替它担着心。我所在的杭州，每年夏季，都会经历一两次台风。每次有台风要过境，人们都如临大敌，门窗紧闭，招牌摘下，很多树都支起了钢管。人民路上的几百棵梧桐树，成了人们焦虑的焦点，上一次台风，就有几棵梧桐树，不是被折断了树枝，就是被连根拔起、东倒西歪。台风的前哨小弟，已经将巨大的梧桐树冠摇得稀里哗啦响。这一次，人们想了一个简单有效而又残酷的办法，在台风之前，先将梧桐树砍头，巨大的树冠，被电锯锯断。台风来了，穿杭而过，自然也没放过人民路上的梧桐树，台风记得它们呢。不过，当台风穿过这条路时，惊讶了，失望了，台风看见人民路上的梧桐树们，都成了无头树，只剩下粗大的树干，迎风而立。台风过后，我走在人民路上，夏日的骄阳，直直地倾泻而下，晒得人头皮冒油，抬头看到光秃秃的梧桐树，已冒出嫩芽。

我们小区门口，有一棵树龄上百年的香樟树，树冠如华盖。每次回家，远远看到它，就知道那是我们的小区，就像小时候生活在农村，村口那棵巨大的老槐树，也是我们村的标识一样。小区里的孩子，都喜欢在香樟树下玩耍，年长的人则在树下纳凉闲聊。后来道路拓展，这棵香樟树不得不移植到小区里。香樟树的树冠，整个被锯掉了。它被移植到了小区的一个角落，幸运的是，它活过来了，在第二年的春天，如期冒出嫩芽。三年多过去了，它的树冠，还没有它的邻居——一棵桂花树大。每次在小区散步，看到它，就像看到我乡下老爹那张饱经风霜的脸一样。

我期待它再次荫如华盖，庇护我们这些住在它身边的人。

说家乡话不累

　　从安徽来杭州工作二十多年，勉强学会了一点儿杭州话和萧山话。

　　杭州话是南宋官话，还比较好懂，与其只隔一条钱塘江的萧山话，就不好懂了，即使同一个萧山，也分东片沙地话、南片楼塔话，以及市区的城厢话。在我这个外乡人的耳朵听来，一样，不懂。刚来报社前几年，单位开会，很多人还喜欢说本地话，能听明白的，十之一二。当然误了不少事。

　　萧山话中，相对好懂一点儿的，或者说，稍接近普通话一点儿的，是城厢话，这就是萧山人口中的普通话了，俗称萧普。本地人遇到我这个外乡人，一看说本地话我听不大明白，就会改为普通话，也就是萧普。刚刚说话还伶牙俐齿的一个人，一改萧普，忽然就变得有点儿结结巴巴、吞吞吐吐了。一个说惯了方言的人，改说普通话，而且是那种不标准的普通话，就像嘴巴里含了块小石头，舌条转不过弯，显得拗口而别扭。他说着难受，我听着也不顺耳，但好歹能大致听明白。

也有憋足了劲儿说萧普，反而更难懂的。报社流传着一个经典笑话：一位从北方调来的记者，去采访一个会议，发言的领导是本地人，说的是萧山话。记者刚来不久，听不懂啊，这不误事吗？遂举手示意，请领导说普通话。那时候，为了走出萧山，走向世界，政府已经要求公务活动必须说普通话。领导尴尬地笑笑，知错就改，改说普通话，并且为了能让记者也听明白，那位领导可谓铆足了劲儿，一个字一个字地咬，一个音节一个音节地蹦，希望能说出《新闻联播》主播一样的普通话。没想到，几分钟后，记者又举手示意："领导，您还是说萧山话吧，您这样说话说得费力，我听得也费耳朵。"

我估摸着这个笑话的后半段，是别人添油加醋续上的，但有一点是可信的，说不惯又说不好普通话的人，讲普通话的时候，一定很别扭、很吃力、很难听。而说家乡话，那就自然多了，轻松多了，流畅多了，如泉喷涌，如大汗淋漓般快意。

有一次，同在杭州工作的十几位老乡聚会，都是在杭州打拼了若干年的人，有的人已经能说一口流利的杭州话，更多的人，说的是普通话。一番寒暄，几杯酒下肚，不知道从谁开始，说的全是我们安徽老家的家乡话了，没有人号召，也没有人着意改口，就那么说着说着，聊着聊着，不知不觉，家乡话就自然而然地冒出来了，顺口，顺耳，顺心，无比亲切。我们也是有家乡的，我们家乡也是有自己方言的，老乡见老乡，不用两眼泪汪汪，说几句家乡话，解百愁，消百苦。

最关键的是，说家乡话，不累啊！

家乡是什么？你出生的地方，你长大的地方，是你的根，是你漂泊在外永远牵着你的那根线。

我的家乡和县，是长江之滨的一个小地方，离南京很近。和县话与南京的方言，也有很多相似的地方，但你在南京的新街口，张嘴一说话，人家就听出来了，和县的吧？我一个堂弟，在南京的一个菜场做了十几年的小生意，为了招揽生意，他愣是学会了一口流利而标准的南京话，可一个老南京人，还是一声就辨出了他的乡音，对他说"你们和县菜很新鲜哪"。从此他只说和县话，揽来了一波又一波的南京老顾客。

说家乡话不累，家乡的菜也好吃。因为临江，湿气重，我家乡的菜又咸又辣。在杭州生活多年，我已习惯了杭州菜的清淡和甜腻，我也深知，重口味的咸和辣，对健康是不利的，但是，只要有机会，我愿意多尝几口家乡菜。唯家乡菜，能吃出老家的味道和妈妈的味道，别的山珍海味里，没有。

家乡的人，也更容易亲近。游子在外，每遇到一个家乡人，都有亲戚般的感觉。在杭州街头，偶尔看到家乡牌照的汽车，在一堆浙A牌照中穿行，恨不能追上它，跟车里的人打个招呼，用家乡话唠几句嗑。有一年在拉萨旅游，竟看到一辆家乡牌照的小车，我在车边等了半个多小时，可惜没等来它的主人，不然，与他在圣城聊几句家乡话，何其畅快也哉！

离乡越久，思乡越浓。在家里，我们一家三口，一直只说家乡话。有一次，给儿子打电话，自然说的还是家乡话，他身边的人，忽然听他说方言，叽里呱啦，笑着问他："你老家也是外地的啊？""是的，安徽和县。"儿子回答。我很欣慰，从小在杭州长大的儿子，没有忘记他父亲的根，那也是他自己的根。

我家的"百草园"

新房子最大的亮点，是有一个百余平方米的大院子。

院子本是一个斜坡，我们在装修房子的同时，顺带想将院子整平了。填平院子并不容易，土不好找啊。院子我们早有打算，除了简单做一点儿硬化外，主要是留着种菜和栽花，希望能找一些好一点儿的土、没有污染的土。但城区哪里有这样的土？恰好附近有个工地，要铲平一个土坡，大量的土需要拉走。我们跟工地负责人商量，买了两车土。又跟铲车师傅打了招呼，我们的土是准备拿来种菜的，请他给我们挖一点儿土坡中间的好土。土运来了，果然是不错的土，没有碎石，没有杂质，纯纯的黄土。整平后的院子，黄澄澄的。我们盘算着，哪里种菜，哪里栽花，哪里摆个户外摇椅……

忘了说，房子在黄山，我们现在生活在杭州。房子是预备退休后养老的。我们还有几年才退休，因而这个房子大多时候是闲置的。端午节放假，我和妻子决定去小住几天。

家里的油漆味，基本散尽了。妻子打开后门，走进院子。"天哪！"妻子一声惊叫。

赶紧跟过去看。我也惊呆了！

我们上一次离开时，院子还是光秃秃的，像一个光膀子的壮汉，裸露着黄黄的、微黑的皮肤。几个月没来，院子里已是杂草丛生，生机勃勃。我们运来的土，都是山坡中间的土，纯纯的黄土，没有草根，没有草籽，连片草叶也没有。怎么才几个月，院子里忽然长出这么多草？它们是怎么来的？也没有人给它们浇水施肥啊，它们怎么就如此生机盎然，成了这里的主人？

妻子说认认它们。我小时候在农村长大，认识不少草。最多的，是车前草，这里一丛，那里一簇，窈窕，瘦削，微风拂过，它们就东摇西晃，像一群刚学会走路的孩子；最嫩绿的，是荆芥，它们喜欢抱团生长，一团团，一窝窝，这种草，我们小时候都是割了回家喂猪的，只掐它的嫩头；最好看的，是紫苏，宽大的叶子，泛着暗红色，像晒了太多紫外线的姑娘的脸，它是可以做菜的，烧出来的菜汁，像苋菜一样红，吃了，嘴唇也是暗红的，仿佛涂了太多的口红；个头最高的草，我看着有点儿像蒿草，但我记忆中的蒿草，没有长这么高的，枝干也没有这么壮实。拿不准。妻子拿出手机，打开"图识万物"小程序，一查，不是什么蒿草，而是加拿大一枝黄花。这是个外来入侵物种啊，它是怎么侵入我们这个小院，而且长得如此茂盛的？

很多草是我也不认识的，"图识万物"帮了我们的忙，它都认识。有一种结了很多小红果子的，叫蛇莓，据说是蛇喜欢吃的果子，网上还有一种说法，说是有蛇莓的地方，往往有蛇的踪迹。忽然有点儿担心，这些茂盛的野草之下，会不会真藏着一条蛇呢？我们找来一根竹竿，往草丛里拍打，以打草惊蛇。没有见到蛇影，倒是又看到了一种藤蔓植物葎草，在草丛中游弋。我们找不到它的根，只看到了它的藤蔓，藤蔓在草叶间穿梭，遇到谁，就热情地一把拉住，然后将其牢牢地缠住，继续爬高，或者前行。妻子试图扯起它，没想到它的枝叶间藏着小刺，戳得她一声尖叫。

我思忖着，要不要向邻居借一把镰刀或者锄头，将这些杂草连根除掉。刚刚还被葎草割伤的妻子，却直摇头。她说："这些野草，在它们不请自来之前，我不认识它们，也不会注意它们，但现在它们来到了我们的院子，就是这院子的主人，也是我们的客人，它们将我们本来光秃秃的院子，装点得生机勃勃、郁郁葱葱，有什么不好呢？"

可是，这院子杂草丛生，让人看了，会不会觉得荒芜而破败？

明明是生机盎然，怎么是荒芜破败呢？妻子摇头，说："野草也是生命，它们也有勃勃生机。所不同的是，在有的人眼里，它是荒芜，是杂乱，是败象，但在另一些人眼里，它也是生机，也是绿意，也是活力。只是原来我们打算将院子打造成'百花园'或者'百菜园'，而现在，它不用我们打理，无须我们费心，自己先成了'百草园'。"

是的，也不错，我们家的"百草园"。仅仅一个春天，它就现出了如此活力，生机勃勃，雨季之后，它会不会更加茂盛而繁荣呢？

且待下一次，我们再来，我们家的"百草园"，也许野花盛开，也许野果累累。这同样值得期待。

小时候，我被一只大鹅追过

儿子的手背上，被蚊虫咬出了一个大包。这是我的家乡送给他的一个见面礼。他嚷嚷着要立即回城，逃离这个可怕的地方。我的家乡是我长大的地方，而他只跟着我回来过几次，他对它并没有什么感情，这我理解。但我想让他知道，四十多年前，这块贫瘠的土地上，奔跑着一个少年，那个瘦削的身影，后来成了他的爸爸。

我在家乡，生活了十八年，直到我考上大学。

我被这个村庄的狗咬过。村里的狗小黄、小黑，还有漂亮的小母狗小花，我都认识，它们自然也认得我。照理，它们不会咬一个认识的村娃，但那一天不一样。那天，在麦子开镰前，生产队杀了一头猪，全村的人在一起聚餐。村里一年难得有几天飘起肉香，男女老少都来了，村里的狗，也循着肉香都跑过来了。我们每人盛了一大碗米饭，分了一大块肉，吃得正香，桌肚下的狗们，却因为抢一块骨头打起来了。在汪汪汪的狂吠声中，一只狗被另一只狗咬急了，张着血盆大口，一口咬了下去——可它咬住的，不是另一条狗，而是我的腿！我痛得哇哇大哭。父亲赶紧背着我飞跑到镇上的卫生院，清洗包扎伤口。流了很多血，我哭了一路。所有的人，都以为我是疼得大哭，没有人知道，我是因为吃不上肉，才号啕大哭。

我也被庄稼地里的蛇咬过。水稻田里，有泥鳅，也有黄鳝，有时候，还能捉到雨天逆水溯游的不知名的鱼，它们游进了水稻田，就在一株株的水稻森林里迷了路，再也回不到池塘。等水稻收割了，我们就在稻田里捉泥鳅，捉黄鳝。可我们忘了，水稻田里也有蛇。你看到了浑浊的泥水中，有条黄鳝，在"s"形游动，仓皇逃离，你五根手指错落成钳状，一把卡上去，捉住了。那厮却扭回头，一口咬了过来，原来是一条蛇。稻田里的蛇，都是水蛇，无毒，被它咬一口，只是痛，并无大碍，捏一撮稻田里的烂泥，糊在伤口上，血就止住了，继续捉黄鳝去。还有一次，我在田埂上赤脚奔跑，猛然发现，前面的路上，有一团黑影，是一条盘曲的蛇，脚步已经收不住了，另一只脚赶紧飞起，试图跳越过去，还真蹦过去了。盘曲在地上的那条蛇，一定也意识到了飞奔过来的危险，它昂起了头，吐出了长长的芯子，对着我腾空的脚底板，就是一口。我没有踩住那条蛇，却反被它咬了一口。所幸它也是一条水蛇，而我的脚底板又皮糙肉厚，甚至连一滴血都没有渗出来。

地里的庄稼，也咬过我。庄稼没有牙齿，但这并不表明，它总是温顺可欺的。我被水稻的叶片割伤过，水稻的叶子，又绿又温柔，微风拂过，稻浪翻滚，看着就让人心生欢喜。我在上学的路上，伸出一只手，去抚摸这些叶片，它们似乎也很享受被一个乡下的少年抚摸，我奔跑起来，手在稻叶上拂过，像一阵风。我没想到，其中的一片稻叶，像刀片一样，将我的手指割伤。我不责怪它，也许它正在做着丰收的梦呢，是我先打扰了它。

在收割过的麦田里捡麦穗时，我被麦茬戳伤过脚丫子。刚刚被割过的麦茬，又坚又利，还沉浸在麦穗被收割过的失落之中。这时候，一只小脚板一脚踩了过来，它躲闪不及，就从脚丫子扎了过去，唉，可怜的脚丫子，就被戳得鲜血淋淋，那是一棵麦茬的悲壮之歌。打谷场上，麦芒和稻芒飞扬，一片麦芒飞进了我的眼里，一片稻芒飞进了我父亲的眼里，麦芒或稻芒，飞进了村里每一个人的眼里，在这个丰收的日子里，我们一起揉着眼睛，泪流满面。

我被村庄的土疙瘩磕过脚。它们没能成为庄稼地里的土，不能生长庄稼，这一定让它们失落，它们就滚成团，碾成球，磕村人的脚，也磕老牛的脚，提示它的存在。我被池塘里的水呛过。村口的池塘，是全村人淘米的地方，洗衣的地方，也是我们这些娃娃们洗澡嬉戏的地方。我们一个个像光腚的石子一样，扑通通跳进去，溅起一朵朵浪花，其中必有一两朵水花，顺势呛进我们的鼻孔里和嘴巴里。这些池塘里的水，迟早会进入我们的身体，成为我们的一部分，对于我们这些调皮的孩子，它更愿意以这种方式，与我们融为一体。而当水塘的水被抽干，我们在剩下的浑水里摸鱼，藏在塘底的砖瓦碎片，一不留神就会将我们的脚割伤。"谁知道是哪家老屋上拆下来的砖瓦碎片割伤了你？那也许是老祖宗想你们了呢。"村里最老的老婆子，笑眯眯地对着池塘里的泥人们说道。

我的儿子一点儿也不相信，我还被村里的一只大鹅追过。它张开硕大的翅膀，向我扑来。可我只是来跟他家借一把镰刀的啊。我转身飞跑，它不死心地跟在我的后面追赶，我跑到了路的尽头，无路可跑了，我猛然转身，手里拿着刚刚从它家借来的那把镰刀。它愣住了，收起了翅膀。我与它恶狠狠地对视。我们都昂着头，谁也不服谁。

那只老鹅，早就不在了，而我已长大。我离开了村庄。我的身上，留下了很多碎小的伤口，它们都是这个我出生和长大的村庄，留给我的。它们像一个个胎记，令我在若干年之后，也忘不了，我的村庄，我的乡亲，还有我的童年和少年时光。

第二辑
弯腰捡拾的童年

收割过的庄稼地，你以为一无所有了吗？不，还有很多宝贝呢。从村庄上空飞过的鸟知道，我们这些光屁股的孩子也知道。

一棵果树

宿舍楼北临围墙，围墙外是一幢居民楼。

居民楼原来也在校园内，是教工宿舍，住户都是本校的教职工。住房制度改革之后，很多人将房子卖了，搬走了，新的住户大多与学校无干，学校便在学生宿舍楼和居民楼之间，建了一道围墙。

宿舍楼与居民楼一墙之隔。新居民嫌学生宿舍太吵，经常半夜三更还有学生在宿舍里唱歌、喧哗，居民不胜其烦，屡屡向学校告状。学校也加强了管理，到了晚上十点半就拉闸熄灯，但还是有学生在黑暗中卧谈，谈到兴处，不免慷慨激昂，嗓门儿大增，又引发居民与学生的矛盾。当然，最大的矛盾，还是因为一棵果树。

居民楼一楼一〇三家的院子里，种着一棵果树。果树本在院子中央，与宿舍楼隔了三四米远，并无瓜葛，但是，树长大后，树冠散开，与宿舍楼二楼、三楼齐平了。学生们倒也不嫌弃树冠遮挡阳光和视野，反觉这探到窗前的绿意，郁郁葱葱，挺好的。但到了四月末，问题出来了。

这棵树啊，开花了，挂果了。原来是一棵枇杷树。树上结的枇杷，一窝窝，一挂挂，圆圆的，黄黄的，散发着果香。关键是，宿舍楼二楼和三楼有几个宿舍，推开窗户，伸出手，哎呀，竟然能够触碰到那些迷人的果子。枇杷还没熟透，就有人从窗户里伸出贼手偷摘。有点儿酸，也有点儿涩，但是，新鲜啊，刚从树上摘下来呢，哪里吃到过这么新鲜的枇杷啊。一颗颗脑袋，一只只手，从窗户里伸出来，远远地、努力地、不懈地探向枝头的枇杷。有一窝枇杷，就挂在另一个枝头，却怎么也够不着。有人说，笨蛋，不会扯枝条吗？对啊，扯住一根树枝，往身边猛力拽，枝条扯着枝条，竟将那窝枇杷，扯到了眼前。摘下来，全宿舍分享。比水果店里买来的水果，新鲜多了，好吃多了。

一〇三的住户很快就发现了从宿舍楼伸出来的贼手，报告给学校，学校一通严厉批评，但过不了几日，还是有贼手忍不住，在黑夜深处伸出来。住户没辙，索性将临近宿舍楼的枝条给锯了，断了这些娃娃的念想。手是够不着了，但又伸出来了晾衣杆，杆头还套着个网兜，对着树冠噼里啪啦一阵敲打，像打枣一样。枇杷是打下来了，但大多落在了院子里，落在网兜里的，也许只有一两颗。

每年春末夏初，这棵枇杷树结一次果，住户就会与宿舍楼的学生们生出一次次不快，年复一年。宿舍楼里的学生，换了一茬又一茬，枇杷树上的果，也结了一年又一年。

一天，一〇三院子里，忽然出现一位老太太。老太太经常从外面带回来一个硬板纸盒，或者几个矿泉水瓶啥的，堆积在院子的一隅。宿舍楼里的学生，从窗户探出身，问老太太："您老是新搬来的？"老太太笑眯眯地点点头，说："岁数大了，爬不动楼了，便换了这个带院子的房子。"又指着院子里的枇杷树说："这树挡你们光吧，哪天我找个人锯了。"楼上的学生们赶紧说："没事，不挡光，它是枇杷树，结果呢，果子多着呢，锯了多可惜！"

到了四月末，院子里的枇杷树，果然如期开花、结果。

星期天，老太太搬了个小梯子，摘树上的枇杷。宿舍楼的窗户里，探出一颗颗好奇的脑袋，张着馋兮兮的嘴巴，看老太太摘枇杷。

老太太摘了一大碗枇杷，黄澄澄的，看着就香甜。老太太端着碗，走到院墙下，仰起头，对挂在窗户上的脑袋们说："给你们也尝尝。"挂在窗户上的脑袋们惊愕不已。以前这户人家，一到枇杷成熟，就开始跟学校告他们的状，说树上的枇杷都被他们偷摘了。今天，这个老太太这是怎么啦？

"谢谢老人家！"有人先喊了一声。

老太太笑眯眯地端着碗，一脸诚恳。

可是，怎么才能拿到这些枇杷？老太太又不可能像瓦工抛砖那样，从一楼的院子里徒手将一颗颗枇杷准确地扔到楼上人的手里。还是有人聪明，用绳子拴住饭盒子，从楼上的窗户放下来，饭盒子正好落在一〇三的院子里。老太太将碗里的枇杷，一颗一颗地放进饭盒子里。绳子往上拉，饭盒子歪歪扭扭地回到了宿舍里。宿舍楼响起一阵欢呼声。

又一根绳子，拴着一个刷牙的缸子，从三楼的窗户，晃晃悠悠地垂了下来。

宿舍楼临墙的这面，热闹极了。

此后的一个多星期，每天都有枇杷成熟，每天老太太都会架起小梯子，摘树上的枇杷，然后，从宿舍楼二楼、三楼、四楼的窗户里，伸出一根根绳子，绳子一头，拴着饭盒子、刷牙缸、带把儿的茶杯，晃晃悠悠，像小猫钓鱼一样。老太太会在每一个盒子或者杯子里，放三五颗、七八颗刚刚摘下来的枇杷。那些绳子又晃悠悠拽回去，紧接着，会从楼上不同的窗户里，落下雨点般的欢呼声和感谢声。

老太太一直笑眯眯的，脸上舒展开的皱纹，像那些从天而降的细绳子一样，在半空晃悠、舒展。

今年的枇杷树，挂果似乎特别多，这样快乐的日子，也一直持续了十多天。

到了六月，宿舍楼里的学生也到了毕业季。他们开始收拾行囊了。

清晨，老太太打开院门，走进院子，眼前的一幕让她惊呆了。院子里，散落着厚厚一层旧本子，难怪昨天夜里，院子里噼里啪啦一阵乱响，老太太还以为下暴雨呢，原来是这些从天而降的旧本子。

老太太将这些旧本子收拾好，一捆一捆，与从大街上捡回来的纸盒子，整齐地码在一起。她看了一眼对面的宿舍楼，已经空了，她有点儿失落。不过，很快，它会被新的年轻的面孔填满，就像这头顶上的枇杷树，明年春天还会开花，结果。

我玩过的泥巴

小时候，在乡下，泥巴是我们最好的玩伴。

它随手可取，房前，屋后，去村办小学的路上，围绕村庄的庄稼地，到处都是。只要你肯弯下腰，只要你不嫌泥巴脏，不论什么时候，你都可以捏一团泥巴玩一玩。

你不嫌泥巴，泥巴就不会嫌你。你看看，你想捏什么，它就是什么。小黑子喜欢枪，到了他手里的土，就都愿意成为一把枪该有的样子；小狗子喜欢小动物，泥巴一经他手，就都成了小鸡、小鸭、小鸟，还有小狗，他捏的小狗，长得跟他自己一样，又瘦又小，他的鼻涕，也总是拖得像狗尾巴一样长，但我们不会笑话他，笑话他就是笑话我们自己；小芳是我们这堆爱玩泥巴的熊孩子里唯一的女娃，她喜欢捏房子，方方正正，有烟囱，有门，前后还有窗，窗台上还插了一朵她随手掐来的野花，比她自己家的房子好看多了，那还是她爸爸在世时盖的房子，漏风，又漏雨。如果放大一百倍，她和妈妈，还有两个弟弟，就可以搬进她捏的房子里去住了。谁也不知道，二十年后，她真的靠打工挣来的钱，为她妈妈盖了村里第一座瓦房。

我也跟他们一样，喜欢玩泥巴。我只是喜欢泥巴捏出来的东西，连我自己都不知道是什么。他们都笑我"四不像"。"四不像"遂成了我的绰号。等到我上了小学，那些发音不准的同学，把"孙"读成了"四"，也可能是把"四"念成了"孙"，"孙不像"又跟我念完了五年的村小。我才不生气呢，我不生气不是因为我并不讨厌这个绰号，而是因为我本来就不想将泥巴捏成我们见过的样子，如果泥巴只能捏出我们习惯了的模样，将多么无趣。

除了我们常玩的房前屋后的泥巴，我更愿意玩一些别的泥巴。它们自然也是泥巴，却似乎不是专等着我们这些从未有过玩具的乡下孩子来将它们玩成玩具的，它们有别的用途，只是意外地成为了我们玩过的泥巴。

村口有一个大池塘。全村的人，淘米，洗衣服，老牛饮水，娃娃们洗澡，都在这里。池塘里有鱼，可惜它们从不可能长得太大，因为，大人们每年都会将池塘抽干一次，捉池塘里的鱼。这是全村的节日。大人们是来捉鱼的，我们这些光屁股的娃娃，也想浑水摸鱼。不知道为什么，我总是摸不到任何一条鱼，我摸到的，全是塘底的泥。这是你在任何别的地方，都摸不到的泥巴，它比泥鳅还要光滑，它滑溜得像一条逃命的鱼一样快。它被池水泡了整整一年，却没有变馊，没有腐烂，这可真是一个奇迹。它稀而薄，难以捏成形，如果只用一只手去抓，它就会像水一样，从你的指缝间溜走，但如果你是用双手去捧，它就乐意被你捧在手心，做一回"乖乖泥"。奇怪的是，没有人能将池塘的水彻底抽干，池底总会汪着一些水，鱼全逃到了那儿，村里的男女老少也都跟着追到那儿。如果你跟小黑子的奶奶一样留在岸上，你就能看见池塘里全是泥人，只看见白眼仁和牙齿，像星星一样一闪一闪。

　　我也喜欢水稻田里的泥巴。在收割之前，稻田里的水，都被放干了，晒几个烈日，稻田里的土，就变得半软半硬，一脚踩下去，泥巴恰好能从脚趾缝里钻出来，顺溜，不磕脚。大人们在忙着割稻，我们捡完了稻穗，开始玩泥巴。稻田里的泥巴，遇水则润，日晒即干，不润不干的时候，正是最好的玩伴，想让它变什么样，它就变什么样，就像新米煮的饭一样容易饱肚子。小狗子这回不捏玩具了，小芳也不盖房子了，我们一起用稻田里的泥巴码了一个灶，烧几把稻草，等草成了灰烬，你就会发现我们的秘密了。那些残留在稻草上的稻子，噼里啪啦炸出一朵朵洁白的爆米花，又香又糯。

　　村后的丘陵上，还有一大片旱地，那里的泥巴与水稻田的泥巴完全不一样。它们似乎更像是沙子，这一粒和那一粒，永远不乐意抱成团。这样的泥土，适合种花生和番薯。乡下孩子，都愿意干的农活儿，就是起花生和挖番薯，可以一边干活儿，一边剥几颗生花生，啃几口生番薯。它们的滋味，能甜到你心里去。别以为我们只是馋嘴猫，这里的泥巴也好玩啊，可以挖洞，藏住你的小心思，也可以在上面打闹翻滚，爬起来抖一抖，身上就没什么泥土的痕迹了。最喜的是雨天，你赤脚去一片刚收获过的花生地，雨点啪啪地落下来，泥巴砸出一个个小坑，像大麻子一样，花生地的秘密就暴露出来了。那些漏网的花生，听到雨声，从沙土里钻出白生生的小脑袋，成为我们意外的收获。

我们的爹娘从不会阻止我们去玩泥巴，他们自己不也是玩着泥巴长大的吗？再说，除了泥巴，乡下还有什么更好的玩伴？乡下的孩子，天天灰头土脸，我们的指甲缝里，也全是泥巴，水都无法将它彻底洗去。

玩着泥巴，我们就长大了。长大了，照镜子一看，哈哈，我们的脸、我们的手、我们的身体，咋都是泥巴一样的颜色？这么自然，这么单纯，这么好看。我们已经从父辈那儿接过锄头和镰刀，学会从泥巴里讨生活。有时候，我也会恍然觉得，我们自己就是泥巴，你随手撒一把种子，它就能使之发芽，生长，有所收获。

路过曾经的生活

与朋友散步，路过一个老旧的小区，他忽然激动地指着一幢楼说："五楼，最东边的那家，我曾经在这儿生活了三年。"

那应该是在我们认识之前。他现在的家，我去过。他说，来这个城市工作后，他换过四五次房子，短的住一两年，长的住过三五年，直到自己买了现在的房子，才有了安定的生活。每次路过曾经租住过的房子，他都忍不住停下脚步，看一眼曾经住过的地方，过往的生活，在眼前一幕幕闪过。

这个小区，我以前也常来，我有个亲戚住在这儿。也许，我在小区里，曾经与他擦肩而过过；也可能他坐在小区的凳子上，抽着烟，想着心思，我跟他借过火；抑或，那个抱着一堆生活杂物迎面走来的年轻人，因为一个盒子滑了下来，我帮他捡起来，架在他怀中那一堆杂物之上，他冲我感激地一笑，那个年轻人就是他？生活中我们能清晰地记住的东西并不多，不知道为什么，这一幕，我至今印象深刻。当然，更多的可能是，我穿过这个小区去亲戚家的时候，他正在五楼租住的房子里吃泡面、洗澡、打电话……我们没有过任何交集。谁知道呢？但现在，我们一起散步，并因为这个曾经共同熟悉的地方，而多了一些共同的话题，对逝去的旧时光，感慨不已，唏嘘不已。

人到中年后，我也常常因为路过一个熟悉的地方，而不由自主地停下脚步。

每次，路过市中心的那幢黄色大楼时，我都会抬眼看看它。这幢大楼，我其实一次也没有走进去过，但曾经有几年，我经常开车来这里接我的妻子，她工作的单位在这幢楼的二十二层。那是她研究生毕业之后的第一个工作单位。那时候，我们刚买了一辆小车，她本可以自己坐公交车回家的，但是，为了每天能早一点儿见到她，我宁愿绕很远的路，来接送她上下班。你猜对了，我们新婚不久，没有什么能比立即见到自己的爱人更让人期待的了。送她上班的时候，我只要将她送到楼下就可以了，接她的时候，有时候就需要等待。这幢大楼下的每一块空地上，一定都留下过我的车轮以及我的影子。路过那幢大楼，看见年轻的身影从里面进进出出，仿佛看到了多年前妻子同样年轻的身姿。

每次路过儿子读书的中学，我一定会停下来，向大门里的校园张望一眼。儿子在这所中学，读了三年，这也是那三年里除了节假日我每天必来的地方。学校的大门开在一个小弄堂里，除非是师生和家长们，很少有人会路过这里。因为家住得太远，儿子初中三年，都是我接送的。到了上学和放学的时间，寂静的弄堂，一下子热闹起来，进出的，都是少年和他们的父母。一个外地人，是不会知道，这个弄堂里，藏着一所中学，藏着上千名少年和上千个希望。大部分时候，我将儿子送到弄堂口，他自己走进去，我目送他的背影走进了弄堂，走进了一群群少年的背影之中，才放心地离去。如果来得早，我会到校门口去接他，校门打开了，孩子们蜂拥而出，很奇怪，在穿着一样校服的少年之中，我总能一眼就看到我的儿子。在我的眼中，他的身上一定有独特的光芒，就像所有的父母看自己的孩子一样。儿子毕业之后，我就很少去那所中学了，偶尔路过，我会停下来，从弄堂走进去。儿子读书时，盼着时间能快一点儿过去，盼着孩子早一点儿长大，而今天，我多么希望，我能有机会回到那三年中的某一天。

每次路过朋友住过的楼房，我都会朝六楼那扇窗户看一眼。朋友早就搬走了，但我们几个好朋友，在那个不足三十平方米的小房子里，一起啸聚，一起纵论，一起通宵达旦地卧谈，那青春的一幕幕，仿佛拉开窗帘，仍然历历在目。

每次路过我曾经工作过十多年的大楼，都会不自觉地打方向灯，想右拐进去。仿佛只要走进去，走进四〇二办公室，我还是若干年前的我，打开电脑，完成我的计划书。

每次路过我住过的小区，都恍然还有一种回家的感觉。房子早卖了，房价早翻了几倍，好多人替我惋惜，房子卖早了，损失了一大笔钱。我从不后悔房子卖便宜了。我只是遗憾，我再也回不到住在这里时，还只有三十几岁的精力充沛的岁月；我只是遗憾，再也不能像住在这里时，每天能将孩子一把抱起来了；我只是遗憾，我其实并没有好好珍惜那段时光。

路过那些我们熟悉的地方，生活过的地方，工作过的地方，留下过我们深深印记的地方，之所以会百感交集，是因为，我们路过的，是我们的青春，是我们的岁月，是我们人生的一部分。一旦它成为过去，你就只能路过，绝对没有可能回到从前。

就像此后的某一天，我路过今天，遇到自己，我才会发现，原来今天多么美好，我岂能不好好度过，好好珍惜？

父亲们的铁锹

父亲最常用的农具，是一把铁锹。

清晨，早起，不刷牙，不洗脸，不吃早饭，甚至不出恭，父亲就扛着一把铁锹，出了家门，他习惯了每天先去庄稼地里转一圈。他不是空着手的，他从不空着手去地里转，一个农人，你空着手去地里干什么？庄稼不会因为你多情地看了一眼，就更苗壮一点儿。我的父亲去地里转，是要看地里的庄稼们需要啥，他就帮它们做一点儿什么。父亲不是阳光，也不是水，不是农药，也不是肥料，但父亲看一眼庄稼，就知道它们需要什么，他就会想办法给它们。我很好奇，为什么他总是扛着一把铁锹？似乎一把铁锹，就能解决田头所有的难题。

母亲不一样。母亲去地里，也是从不空手的，她不是带一把镰刀，就是扛一根锄头，要不然，就是挎个篮子，里面还有一把小铲子。我后来看出了他们的区别，父亲从庄稼地里回来，都是空着手的，他的铁锹上沾了泥。而母亲，总是会带回一把蔬菜，一篮瓜果什么的。父亲扛着铁锹，是去挖的，或者填的，而母亲带着镰刀或铲子，是去收割的。

我相信，村里的每一块土疙瘩，都认识父亲的铁锹。

父亲扛着铁锹，来到了水稻田。水稻已经抽穗了，这是水稻一生中，最重要的时刻。父亲弯腰，鼻子凑到稻尖上，似乎这样就能提前闻到稻子金黄时的味道。不过，显然还早了点儿，此刻他嗅到的是与他青春期儿子一样的气息。父亲又扒开稻丛，看了一眼水稻田里的水，水汪了稻根。父亲便用铁锹，在田埂上挖了一个缺口，将稻田里的水都放掉。在秧苗插下去之后，父亲天天扛着铁锹，绕着稻田转，看到田埂有缺口，漏水，父亲赶紧用铁锹挖土，将漏洞堵上，将田埂夯实。有时候我看到父亲卷起裤腿，跑到稻田中央，去挖，原来是一个老鼠洞，水都从那个鼠洞里流走了。为什么现在他又自己挖了个缺口，将稻田里的水都放掉了呢？父亲告诉我，水稻的一生，并不总是需要满满的水，抽穗和灌浆之后，就要将稻田里的水都放干净，这样，水稻才能长得旺，籽实饱满。

父亲又扛着铁锹，来到了村后土坡上的旱地，这里，种着棉花、花生，还有番薯。这些农作物，也需要水，但只要根部有一点儿水，它们就活了，多余的水，会淹死它们，因而，它们的地里，都是有沟垄的。父亲用铁锹，将滑进沟里的土铲起来，放在垄上，让沟平坦，东高西低，不积水。如果旁边有一小块空地，父亲就用铁锹，一锹锹挖，将土全部翻一遍，母亲下地后，就会给这块地，再种上西红柿、青椒，或别的什么。大块的地，用牛耕；小块的地，就用铁锹挖。即使大块的地，边边角角，犁不到的地方，父亲也是用铁锹挖。如果犁过的地，土太硬了，耙不碎，父亲就用铁锹，将一块块土疙瘩挖起来，然后，铲碎，敲碎，拍碎。

只要是一块地，父亲的铁锹，总能派上用场。他一次次用铁锹，将土挖开，让土松软地迎接种子。父亲挖地时，左手托住锹身，右手握住锹柄，右脚踩住锹头上的横挡，身体弯成弓形，发力，一大块土，就被挖开了，一块地，就被挖开了，整片整片的地，就被挖开了。如果你是第一次用铁锹挖地，你的手掌心一定会留下血泡。我的父亲不会，在他还很年轻时，他手上的那些血泡就已经结成茧子了，在父亲拿起一把铁锹时，这些茧子，就已经成了铁锹的一部分。

铁锹当然不只是开垦或播种时，才有用，收获的时候，也离不开它。花生熟了，番薯熟了，土豆熟了，都得用铁锹挖。铁锹又不长眼睛，它不会伤了土里的作物吗？父亲的目光，似乎能穿透土地，看到土里的作物，他的铁锹头就会避开它们，就像一头耕地的老牛，它的四只蹄子，从不会踩上庄稼一样。

男人们干活儿累了，就会将铁锹往地头一插，你远远地看过去，一把铁锹，又一把铁锹，像个小树林。这时候你才知道，其实不仅我的父亲喜欢铁锹，村里的男人们，都有这样一把自己的铁锹，那是一个农村男人最重要的农具，也是最亲密的伙计。你看到一个男人走在田间地头，如果他的肩上扛着一把铁锹，他一定是附近的村民，不然的话，他就是一个过路的，或者一个看客。

这些一辈子生活在土地上的男人，他们有很多农具——犁、耙、桶、镰刀、锄头、木叉、扁担等，唯有铁锹，是他们下地的时候，要一直带在身边的。他们时时刻刻扛着一把锹，随时准备将一块土挖开，播下种子，埋下希望，或者挖出土里的果实，挖出全家的生活。铁锹，是他们最顺手的农具。即使是农闲时节，下地的男人也一定会扛着一把铁锹，他不拿它挖地，也不用它收获，他只是让铁锹和自己一样，不闲着。

当他们老了，他们也是用铁锹，在大地之上，挖一个坑，将自己埋了。茫茫大地，你用铁锹随便一挖，里面都有谷物的残骸，还有一代代人的希望。

活在农历里的老母亲

　　母亲快八十岁了。我们几个子女，商量着想给她过八十大寿。说是过寿，其实也就是我们一大家子，难得地聚一聚。

　　母亲只记得她的农历生日，我们帮她查过万年历，查到了当年的那一天是公历的八月六日，但她还是坚持只过农历生日，觉得公历的那一天不亲切，跟自己没啥关系。一直生活在农村的母亲，只活在农历的世界。每年，她都会买一本新日历，是那种带农历的日历，挂在客厅的墙上，她看日历，只看农历。每次我们打算回家，提前告诉她，也一定要讲是农历的几月几日，不然她记不住，很容易弄混，在家里白等。

　　老家的老亲戚们办事，邀请客人，也都是依据农历。他们喜欢选择双日子，二号、六号、八号那种，是好事成双的意思。如果恰逢公历也是双日子，那就是锦上添花，好上加好。如果公历是单日子呢，他们也不在乎，我的那些老亲戚，跟我的母亲一样，坚定地活在农历里。

我们村的位置比较特殊，附近有几个镇，每个镇都有自己的赶集日。最近的西埠镇是逢三号、六号、九号赶集，北边的香泉镇是逢一号、四号、七号赶集，西头最远的善后镇是逢二号、五号、八号赶集。都是农历。你若是公历的日子去赶集，只会赶一场空，除了几家固定的店铺开着门外，整个大街上，冷冷清清，不见几个人影。附近村庄的农人们，都在庄稼地里埋头干活儿呢，谁会在不是赶集的日子里，上街去闲逛呢？做小生意的，还有喜欢赶热闹的，就几个镇轮流着赶集，也不嫌远，天天活在热闹中。母亲岁数大了，远的集赶不了了，但西埠镇的集，她几乎是逢集必赶。她养的母鸡下了蛋，她要拿去集市上，换点儿盐钱；还有她自己在菜园子里种的菜，一个人哪里吃得完，也拿去集市上，卖给来乡下采鲜的城里人，换几个钱，攒着等孙子们回来了，给他们买零食和玩具。还有很重要的一点，在集市热闹的人群里，总能遇上几个邻村的老亲戚、老姐妹、老熟人，大家互相嘘寒问暖，心头就热乎了。有时候聊到某个老姐妹，卧床不起了，再也不能赶集了，大家不免唏嘘一番，互道岁数大了，各自珍惜。

我们兄妹几个抽空回家，都会提前看好农历，选择三号、六号、九号或临近的日子，倒不是我们自己想去赶集，而是因为，每次无论我们谁回去，母亲必要去赶个集，采买一点儿好吃的回来。说了她很多次，不管用，便只能依了她。如果回家的日子不是最近的西埠镇的赶集日，母亲便只能跑去更远的香泉镇或最远的善后镇，她的腿脚不灵便，来回一趟，至少得三四个小时，如何吃得消？

母亲这几年记忆力大为衰退，她的日历上，农历那一栏，画了好多圈，都是我们的农历生日。她生怕自己记不住，忘了谁的生日，伤了孩子们的心。除了圈，有的日子是用方块标注的，我看不出那个日子有什么特殊性，问过她，她说，那是自己菜园子里，各种菜的生日。我一时没反应过来，菜还有生日？还是妹妹脑子灵光，一旁插话说，也就是哪天种的花生，哪天栽的茄子呗。种个菜，早一天，迟几天，有什么关系？母亲不，她像年轻时种庄稼一样，立春前播什么种子，谷雨前后栽种什么作物，一清二楚，不差分毫。也许在她的心里，地里的庄稼，菜园里的蔬菜瓜果，跟我们一样，通通都是她的孩子。它们种到地里的那一天，就是它们的生日，生日怎么能去年初三，今年初五呢？她生怕自己错过了它们入地的那一天，伤了一颗种子的心。

每年，我都会将母亲接到城里来，与我们一起住一段日子。她舍不得离开老家，但这样的小住，她还是挺乐意的。每天，我们一家三口，上班的上班，上学的上学，只留下她一个人在家，白天是她一天当中，最清净也是最难熬的时光。她不敢一个人去逛街，也不喜欢看电视，漫长的一天，一定很难熬。母亲和我们一起住的日子，我会推掉所有的应酬，下了班，就赶紧回家。到了周末，更是哪里也不去，只在家里陪陪母亲。母亲以前，从来不关心哪天是星期几，她的日历里，也从来没有星期的概念。一个做了一辈子农民的人，日历里哪有周末和星期天一说？她的日历里，天天都是下地干农活儿的日子，天天都是与庄稼为伴的日子。与我们住在一起后，母亲变了，她惊喜地发现，只要日历上的标记是红色的，我们一家三口就会整天待在家里，就能陪伴她一整天。她在我们家的日历上，也画了好多圈，都是红色标记的日子。母亲向来喜爱红色，日历里的红色，一定让她对红色又多了一层好感吧。

那天，母亲说，九月二十八前，她必须回乡，回到那个她生活了大半辈子的老家。我知道她说的是农历，我查了一下，那一天是霜降。她说，她的菜园子已经荒了一个夏天，她得在霜降之前，给它播下白菜、香菜和芹菜的种子，等我们春节回家，她的菜园子，就又是绿油油的啦。

爷爷的大氅

爷爷唯一的体面，是一件大氅。

村里的男人，差不多都有一件大氅。但爷爷的大氅，比他们的都体面。不是因为它的料子有多好，与别人的大氅一样，它是灰色、粗布的，里面絮了厚厚的一层棉，没啥区别啊。也不是因为它比别人的大氅新，事实上它已经很旧，肩膀头上，左右各打了几层补丁，它的岁数比我还大，因为打我记事起，我就看见它了。如果它也是一个男人的话，我敢说，它脸上被风霜割出来的皱纹，肯定比我爷爷脸上的褶子还多还深。它本是一件普通而陈旧的大氅，但爷爷个子高，身板又厚实，他的大氅，就比别人的更大更长，穿在爷爷的身上，飒爽得很。冬天风大，钻进爷爷的怀里，将大氅吹得鼓鼓囊囊的，使爷爷看起来更壮硕了。不过，爷爷可不像喜欢我那样，任寒风在他的怀里撒泼打滚儿，他总是拿根草绳，拦腰系住，风就钻不进去了。

奇怪的是，大多数的时候，爷爷的大氅是披在身上而不是穿在身上。村里大多数的男人，也总是将大氅披在身上。只有老光棍二狗子，他的大氅是像棉袄或者大褂子一样，穿在身上，纽扣还一颗颗扣上，显得很齐整。爷爷站在地头，披着的大氅，像一只想飞的鹰。如果爷爷双手叉腰，再有一点儿风从后背吹过来，两只空荡荡的袖子，前后摇摆、晃荡，那就是老鹰振翅了。爷爷忽然伸出一只胳膊，激动地向其他几个男人比画着什么，披在身上的大氅，乘机往下滑，滑到一半，被我爷爷的另一只手一把给揪了回来。像我每次捅了纰漏想溜之大吉，却被爷爷一把给揪回家一样。

我们这些小男孩儿，也学着大人们的样，将衣服披在身上，以为时尚。可惜我们没有大氅，但我们有棉袄啊，我们就将棉袄脱下来，披在身上。却披不住，老是往下滑溜。我们的肩膀还太瘦削了，根本支撑不起棉袄。而且，一旦我们将棉袄脱下来披在身上，被我爷爷或别的大人捉住，必遭一顿训斥，让我们赶紧穿起来，还让我们系好纽扣。我知道爷爷是怕我们冻着了。但我心里还是不服，凭什么我们就不能像你们那样披在身上，凭什么我们就比你们怕冷？

我们在地头待久了，就知道为什么爷爷他们总是将大氅披在身上了。当男人们在地里干活儿时，大氅都是脱下来的，大氅会束缚他们的手脚，让他们使不上劲。地里所有的重活儿，都是这些男人做的，他们从不让村里的妇孺去干重体力活儿。干累了，他们就在田埂头坐一坐，刚刚还热气腾腾的身体，将寒风都吸引过来了，他们就将大氅披在身上，压住身上的热气，也挡住身后的寒风。歇息不了几分钟，干活儿的哨声又响起来了，男人们站起来，身体往后一抖，披在身上的大氅，就像一片片大树叶，落在了田埂上。有时候，他们在村里村外溜达，大氅也是披着的，遇到谁家正在干力气活儿，需要帮衬一把，男人们也是肩膀一抖，将身上的大氅给震出去，腾出两只有力的胳膊，给别人搭一把劲儿。男人们的大氅一次次抖搂到地上，沾满了泥土，泥土的灰和大氅的灰，混为一体，大地和大氅，谁也脏不了谁。

对我来说，爷爷的大氅，就是我的棉被。小的时候，在地头皮累了，倒头睡在了田埂上，醒来的时候，一定是裹着我爷爷的大氅的。只要我困了，爷爷的大氅，就是棉被。冬天，我喜欢跟爷爷奶奶挤在一张床上，爷爷总是将他的大氅压在我的身上。再冷的天，再寒的风，也钻不进我爷爷的大氅，除非我自己嫌它太重，压住了我的美梦，一脚将它蹬开。没关系，我蹬开一次，我爷爷就会翻身起来，将它压回去。一夜他要这样反复做多少次，我并不知道，我只知道，风一次次从土墙缝钻进来了，又灰溜溜窜出去了，没能带走一丝我的热气。

有一次，我跟爷爷去走亲戚，夜宿在草打的地铺上。稻草很暖。那天，亲戚家来了很多人，我们只得到了一床棉被，没有枕头。爷爷将他的大氅一卷，成了他自己的大枕头。又将一根袖子抽出来，塞到我的脑袋下，爷爷大氅的这条袖子，就成了我的枕头。可是，袖子上的旱烟味，熏得我根本睡不着。爷爷将这根袖子塞回去，抽出另一根袖子，这回好多了，只有一点儿汗馊味，似乎还有一点儿牛粪味道混合在稻草味中，这都是我熟悉的味道。熟悉的味道让我踏实。

我已经很多年没有闻过那样的味道了。爷爷去世后，我就再也没有闻到过那样的味道了。有一年回乡探亲，坐在挤满了人的"三蹦子"内，忽然嗅到了空气中一股熟悉又陌生的味道，抬头看见，坐在我对面的一位老汉，身上披着一件大氅，两只袖子随着车轮的颠簸，晃来晃去。那是我很久没有见过的乡下男人的大氅，还有它被披着的松松垮垮的软塌塌的样子。

爷爷，我想你了，我回来了。

包心菜，一颗未来得及打开的心

我一直以为，包心菜是从外向里长的。

它长出一片叶子，又长出一片叶子，很快就长出无数片叶子。叶子太多了，四散展开，样子像一朵盛开的花。它觉得这样不好，太张扬了吧，不符合一棵菜的初心。一棵朴素的菜，怎么能长成一朵妖娆的花呢？这样一想，它就将最里面的小叶子卷起来，包成一只小拳头，绿油油的，粉嫩嫩的。一棵菜从此有了一颗心，扑通扑通地跳动。这多好。旁边的叶子，生怕菜的心受到一丁点儿伤害，也跟着卷起来，一层，又一层。当卷到足够多、足够厚实的时候，它就成了一棵紧实的包心菜。

我觉得这样长成的一棵包心菜，才有点儿乡村的诗意。

一棵包心菜，如果真是这样长成的话，一定有很多故事——

早晨的阳光，翻过村头最高的屋顶，还有最高最老的老槐树，将它的第一缕阳光，洒进了菜地。有一粒阳光，比别的光跑得都快，到了葱绿的菜地，它就不想再走了，它想在这块菜地玩上一整天，如果它迷上了某棵菜，还可以跟这棵菜玩一玩光与影的游戏。不过，还未等它走到菜地的中央，早有一片菜叶子，一把将这粒阳光揽入怀中，卷进了菜心里。它不知道，这片菜叶子，为了能卷进一粒阳光，苦等了一夜。

风是乡村最野的孩子，在村里疯够了，它就上田野溜达。它吹拂麦田，让麦子们一浪赶一浪，麦子们只能由着它的性子，东倒西歪。它又摇动一棵向日葵，试图让向日葵掉个头，别老是向着太阳嘛，向日葵无奈地跟着它打转。它来到了菜地。这一次，它想搞一点儿大的动静，看看自己能不能像青蛙一样，从一片菜叶子，跳到另一片菜叶子。它跳动，飞跃，觉得自己轻盈得不得了，风哪里会想到，有一片菜叶子早就张开了怀抱，只待它跳到自己身上，一个内卷，将风卷进了菜心。

一滴夜露自告奋勇地说："我是夜的精华，别看我小，但我晶莹剔透，还可以映衬日月星辰，你将我也包进去吧。"一片菜叶子听懂了夜露的呢喃，往里一卷，将夜露紧紧地包进了菜心。

你看看，包心菜的菜叶子就是这么厉害，只要轻轻地向里卷一卷，就能将它所需要的一切，卷进它的心里去。

农人扛着锄头来了。他和妻子是来为菜地除草和松土的。包心菜可不会那么傻，想把农人的锄头也卷进菜心里，但它们的叶子，还是小心地往里收了收，以免农人误伤了自己，这样也可以让他们能够更清晰地看到，那些藏在它们叶子底下，与它们争营养的野草。他们已经在菜地里锄了一上午，阳光晒得他们满头大汗，一滴汗珠从她的脸颊，或者他的后背，滑落了下来，砸在了一片叶子上，叶子如获至宝，赶紧卷进了菜心里。一棵菜和任何一棵庄稼一样，是懂得感恩的，收藏一滴农人的汗珠，是它们能给予种植和照顾它们一辈子的农人，最实诚的回报。不是每一片叶子，都能有幸收藏一粒农人的汗珠的，没关系，他和妻子还说话了呢。他说，等这茬菜收割了，他想去城里看看读书的娃。她说，好呀，顺便给妈买一点儿膏药回来，她的老腰病又犯了。他们还说了很多别的话，他们的话一说出口，就被风带走了，叶子来不及卷进菜心里，也没关系，一片菜叶子知道，他们说的话，就是他们的梦想或愿望，它就将他们的梦想和愿望，藏进自己的心里。

如果包心菜果然是从外往里长的，它就能将它在乡村和田野里，听到的，看到的，闻到的，想到的，一个不漏地卷进自己的心里。它一层一层地包裹，紧实又牢固。那么，一棵包心菜，能收藏多少风景、多少秘密、多少故事啊。可是，种了一辈子田的舅舅告诉我，我想错了，包心菜是从里往外长的，我看到的菜叶子，是它一层一层向外打开的。打开的叶子，吸收阳光、雨水，会慢慢地枯萎、凋零，新的叶子接着张开，继续它的使命，直到圆圆的、嫩嫩的、可爱的包心菜长成。

我为我的无知羞愧。这么说，一棵包心菜，不是慢慢地包裹成一颗心，而是它的心一层一层打开，未来得及打开的那部分，就成了一棵包心菜。

我喜欢吃包心菜，不光是因为它丰富的营养以及脆嫩的口感，买回一棵新鲜的包心菜，我最喜爱的，还是打开它的方式。你当然可以用刀将它直接切开，一片片菜叶子，层层叠叠，切成块，或者切成丝，都可以。但我总觉得这种方式稍显直接而粗鲁，我更愿意用手撕，一片片撕，一层层撕，撕成大大小小的片，撕成形状各异的片，然后烹炒，其味甘绵，清脆，隽永。

手撕包心菜时，你一层层撕开的，是田野的秘密、生长的秘密、乡村的秘密；你能从中嗅到的，是阳光的味道、风的味道、晨露的味道、村庄的味道，当然，它也一定有农人汗水的味道，以及他们的梦想和愿望的味道。包心菜既然不是由外向内生长的，你就很难弄明白，它是如何将这一切包裹进去，凝聚起来的。不过这有什么关系呢？你不了解的乡村的风情和田野的秘密，多着呢，你想知道的话，田野就在那儿，乡村就在那儿，在田里耕作的老牛和农人就在那儿，它们时刻等待并欢迎你。

我在城里的厨房，怀着一颗虔诚和感恩的心，用手轻柔地撕开一棵包心菜，我打开的，是一颗来自乡野的蔬菜的心，也是一颗我对乡村生活的无限向往之心。

溯游的鱼

鱼和鱼是一样的，都不喜欢死水。

池和塘，多是死水，江河大海，还有山涧小溪，就是活水。一条鱼是活在江河湖海，还是池塘小溪，由不得它自己，就像我们不能选择自己是出生在偏僻山村，还是繁华都市一样。但不能选择自己的出生地，并不能阻碍我们奔向远方的梦想，一条小池塘里的鱼，也可以梦想着一池活水。

它希望水动起来，活起来。

它游来游去，但它的动静，显然不足以让死水变活，就算池塘的大鱼小虾都游蹿蹦跶起来，也无法将池塘的水激活。不过，老天爷会帮它的忙，下雨了，高地上的水，哗哗地从四面八方流下来，汇进池塘。那就是活水。鲜活的水，激起浪花的水，好看的水。

池塘里的鱼，早已嫌烦了这一潭死水，它本以为自己会像这个池塘里其他同类一样，不是自然地老死，就是因缺氧窒息而死，或者被人或鸟，捕获，吃掉。这似乎是所有不幸活在池塘里的鱼的宿命。现在，它总算等来了活水，看到了希望，它将毫不犹豫，溯游而上。

溯游，就是一条鱼的诗和远方。

从高处流下来的水，一路上带来了更多的氧气，还有陌生之地的气息。这让池塘里所有的鱼，都激动不已。它们拖老携幼，循着水流，向上溯游。

这是一条鱼，所能展示的最美的游姿：它张开小嘴巴，摆动尾翼，气沉丹田，将身体的力量，都凝聚在脊背上，纵身一跃。当池塘里的氧气太稀的时候，它也从水里蹦跳过，试图直接从空气中多吸一口氧气；当它感觉水底的生活太压抑沉闷的时候，它也冲天一跳过，希翼能激起无聊"鱼生"的一朵浪花。唯此一跃，是它作为一条鱼的一生中，最完美也最壮烈的一跃。如果你正好站在水边看到这一幕，你就会发现，它略显暗色的脊背，与上面冲下来的白花花的水流，形成了多么强烈又多么震撼的对比。

这些活水，是从哪儿流来的，一条鱼看不见。它能看见池塘的左岸，也能触摸到池塘的右岸，它熟悉池塘的南岸，也能轻松地游到池塘的北岸。但是，忽然从高处淌下来的这些水，它到底是从哪里来的，它的最高处又在哪儿？鱼不知道，鱼就是想要溯游到水的起点，那里一定全是活水，那里是鱼的天堂。

到了这儿，我们得看看"溯"这个字。溯，沿水逆流而上。

得有水流，且是逆势而上。在止水里游，不能算溯，顺流而下，也不是溯。我的小伙伴说，那洄游的洄，不也是逆流而上吗？洄游，简单地说，就是某些鱼，定期定向地游回到自己的出生地，探亲或产卵。洄游和溯游，都将历经艰险，所不同的是，洄游的目的性更强，而溯游可能只是为了心中的一个梦。我在《动物世界》里，看到过海洋里的鲑鱼，成群结队地洄游到淡水地，产卵生子，就像小媳妇回到娘家生孩子。当洄游的鲑鱼们纵身一跃穿越落差很大的瀑布时，饥饿的北极熊正在那儿守株待兔呢。

我们这些小伙伴，就是池塘里的鱼溯游路上的"北极熊"。我们在争执到底是洄游恰当，还是溯游更准确的同时，早已备好了小网，将这些溯游而上的鱼，一网打尽。

可怜的鱼，它们从寂静而宽大的池塘里，溯游而上，翻越了一道道坡、一道道坎，现在，它们被集体困在了水柱之下的一个小坑里。这个坑，是流水刚刚冲刷出来的，小不过碗，大不过盆，鱼们到了这里，再往上，得越过一个高坡，对于一条鱼来说，那绝对是天堑。不死心的鱼，会反复挣扎，一次次努力往上溯、蹿、蹦、跳，把一条鱼所有的能耐都展现出来，仍然是徒劳。用个竹篮，或者网兜，抄底一兜，差不多就将它们一网打尽了。也有漏网的，是条小鱼，相较于鱼的一生，它大约相当于我的童年。我不想捉它，打算放它一条生路。它的生路是有的，也是显而易见的，那就是顺流而下，回到它的池塘。但这条顽固的小鱼，跟所有的鱼一样，既然选择了溯游，逆流而上，就不准备放弃，再顺势回到那个沉闷无趣的池塘了。它的命运从它纵身一跃溯游而上开始，就注定是一场没有回头路的悲壮旅行。就算它没有被我或别的小伙伴捉住，当雨停了，高处的流水断了，它也会被困在这个小坑里，阳光将蒸发干小坑里的水，它将因干涸而死。

一定有溯游的鱼，在历经千辛万苦后，最终找到了更大的池塘。就像我们村口的这个大塘，当高处流淌下来的雨水将它注满，塘里的水溢出，流向低洼之地，对于那里的小池塘来说，这就是天上下来的流水、活水，小池塘里的鱼就会沿着这些水流，溯游而上。幸运的小鱼，来到了这个大塘，以为是大河大湖，这让它们幸福无比。但这样的幸福感，很快会消失，不久，它们就会发现，这不过是一个更大的池塘，更寂静的一池死水而已。于是，当下一场雨降临，它们将跟随本就活在这个大塘里的鱼一起，沿着水流，向着更高更远的地方溯游，一条鱼又一条鱼，一代鱼又一代鱼，生生不息。

溯游而上的鱼，它们能找到热爱的活水，能抵达诗和远方吗？我不知道，但只要有水流，我就能看到那些溯游的鱼，在奋勇奔跃，它们的一辈子，就是向死而溯，因溯而永生。

爬满地头的藤

初春，母亲在地角，栽下了几棵秧苗。这时候，大块的地，都还光秃秃的，它们是留着种庄稼的。

我跟在下地干活儿的大人屁股后面，母亲说："你就给那几棵秧苗浇点儿水吧。"这是我能干得动的活儿，也是我乐意干的活儿。我拿着瓢，一趟趟从池塘里舀来水，给它们浇灌，不漏掉一棵苗。一棵，两棵……八棵，这些苗，是我的算术启蒙老师。

当它们还只是开着两瓣芽的小苗时，你认不出它们是什么植物，就跟我们这群喜欢光着腚在池塘里戏水的娃娃一样，你站在岸上，分不出谁是黑蛋，谁是狗娃。这有什么关系，当我们爬上岸，或者长大了，你就能看出我们的不一样了。这些秧苗也一样，它们很快就会开出不一样的花，结出不一样的瓜，就算是一个傻瓜，也能看出它们的不同来。

没错，地头很快就会爬满它们的藤，它们每一个都跑得比春天还快。

当它们开始跑藤的时候，你就会明白，为什么我的妈妈只将它们种在地角了。它的根在地的一角，而它的藤，可以往东，也可以往西，可以朝北，也可以朝南，如果任它们撒着欢儿跑，不出这个春天，它就能将整块地，都变成它的跑马场。

大人们是不会由着它们的，就像他们也从不会由着我们一样。胆敢往庄稼地里跑的藤，被大人一把揪起来，扔回到角落。它们软塌塌地蜷缩在一起，乱成一团，似乎有点儿迷失了方向。但第二天早晨你再去地头，就会看到它们又舒展开了，藤头已经重新找到方向，继续往前爬。地大着呢，不能往这边爬，就往那边爬呗，四面八方，总有一个方向是一根藤可以爬去的。

藤的头，都是最嫩的芽，我觉得它是藤的眼，不然，它是怎么看得见前方的？你看看藤的头，都是昂着的，向前，向上，这样才能看得见更远的地方，它望见前面有空隙，它就爬过去了。在它的眼睛后面，必定还跟着一个卷须，这是它的手，看到什么都会一把紧紧地抓住，然后，一圈，又一圈，紧紧地缠住，这就算站稳脚跟了，接着往更远的地方爬。

藤看到什么，就会缠住它，从此不松手。一根草，一棵菜，一株麦子，一棵树，都行。早晨，父亲戳在地头的铁锹，就被一根藤缠上了。父亲拔起锹的时候，就将那根藤也拔起来了，藤又不懂得放手，差一点儿被父亲连根拔起。你如果一动不动站在地头想心事，就得小心了，藤会比那些心事，更牢地缠上你。

这时候，你就得给藤戳一些杆子了，让它们朝上爬。不管你的杆子有多高，它都能攀爬上去。换句话说，你想让一根藤爬多高，就给它竖一根多高的杆子。但也有一些藤，是不爬杆子的，它们更喜欢在平地上爬，从自家的地角，翻越田埂，爬到别人家的地里去。对付它们的办法是一把将它们揪回来，像揪逃犯一样。我父亲有更简单的办法，在藤爬到一定程度的时候，就将它们的头梢掐去，让它们不再一门心思只想着往前爬。一根任性地只顾爬的藤，往往忘记了它的使命——结瓜。

是的，当藤爬满了田埂的时候，它就该开花了。有意思的是，大多数的藤，开出来的都是黄花，而它们结出来的瓜，却完全不一样，有的是黄瓜，有的是冬瓜，有的是南瓜，有的是苦瓜，以及别的什么瓜。即使是没有被掐去头的藤，当它们开出花、结出瓜之后，也忽然放慢了爬藤的脚步，它们似乎知道，必须要留下更多的营养，让瓜长大。也有可能是瓜越长越大，拖累了藤蔓，它们从此有了牵绊，爬不动了，或不能顾自往前爬了。我经常听到村里拖儿带女的大人们，望着远方的田野唉声叹气，他们无奈的眼神和弓曲的身影，就像一根根挂在屋檐下的藤蔓。

当所有的藤蔓上，都结满了瓜的时候，该是夏天了。你从村头望过去，大地绿油油一片，在庄稼和庄稼之间，就是那些填充了空白的藤蔓，它们让大地变得饱满、丰厚。干农活儿的大人们，饿了，渴了，随便摸到一根藤，摘个瓜，充饥，解渴。对于我们这些孩子来说，藤更是充满诱惑，我们光着屁股，顶着烈日，来到田头，有时候是摘自己家的瓜，也有时候，摘了别人家的瓜。你怎么能够分得清同一个田埂上，那些纠缠在一起的瓜藤，它们的根到底是自己家的，还是别人家的？看得见的瓜，很快就被摘光了，不要气馁，你顺着一根藤往前摸，指不定在哪个茂密的草丛中，就摸到了一个大瓜，掩藏越深，瓜越大。后来我们上学了，学到了顺藤摸瓜这个成语，才知道，藤还是我们的语文启蒙老师呢。

一根藤上，能结很多瓜，南瓜、西瓜和冬瓜，都很大，你拍一拍，咚咚响，如鼓，跟我们这些孩子的肚皮一样。这些大瓜，可做菜，可做汤，也可做饭；可解馋，可消渴，也可以填饱肚皮。它们只占据了地的一个角落，却养活了我们。

当秋天来临，瓜都摘光了，藤也慢慢枯黄了，该怎么清理这些乱麻一样纠缠在一起的藤呢？拽，撕，拉，扯，都不是好办法，我的父亲只用一招，用镰刀将藤的根斩断。这些被截断了根的藤，会从根开始枯黄，死掉，但它们的藤梢，似乎还不知道，还在往上或往前攀爬。它们打了最后一个结，终于也无力地倒下，慢慢耷拉下的藤梢，仿佛在眺望明年的春天。

弯腰捡拾的童年

收割过的庄稼地，你以为一无所有了吗？不，还有很多宝贝呢。从村庄上空飞过的鸟知道，我们这些光屁股的孩子也知道。

每到收割季，大人在地里割的割，挖的挖，铲的铲，一派忙碌景象。我们这些半大的孩子，也不闲着，大人们将一块地收割完了，就该我们上场了，去地里捡拾被遗漏的庄稼。

捡麦穗，是男孩儿和女孩儿都愿意干的活儿。麦地是旱地，土是干的，也是干净的，麦子都收割完了，但空气里还弥散着麦香，就算一穗麦穗也没有捡着，单闻闻这新鲜的麦香，还有刚刚被镰刀割过的麦秆里冒出来的草香，也让人陶醉。

麦地不会让你失望，你总能在倒伏的麦秆中，捡到一穗又一穗麦穗。麦穗的金黄与麦秆的枯黄混在一起，很容易亮晃你的眼，但是，你不要忘记了，麦穗是有麦芒的，它细而密，像一排针一样，即使麦秆能偷偷隐藏了麦穗，它也藏不住那么多刺出来的麦芒。那时候，我们这些乡下的孩子没有手机玩，也没有电视看，我们的视力都好着呢，我们都是帮奶奶穿针线的好手呢。当然，心细的女孩子比我们这些男孩子眼力更好，在我们已经捡拾过的地上，她们像一群喜鹊一样跟在我们身后，一边说笑着，一边弯腰捡拾麦穗，却总能比我们捡拾更多。

粗心的男孩子们，捡到的麦穗甭管多少，握成一簇，参差不齐，是乱糟糟的快乐。女孩子不一样，她们捡麦穗，也能捡出花一样的感觉。右手捡起一穗麦穗，交给左手，左手已经有一把麦穗了，穗是穗，秆是秆，像她们头上的小辫子，整整齐齐，麦芒也齐刷刷，向上，望着天空。她们捡满了一把，从头发上解下系辫子的花绳子，将麦穗捆成一小束，像金黄的花一样。

女孩子捡的稻穗，也会被系成一束束，这就不像花了，稻穗沉甸甸的，软绵绵的，垂着头，像我们犯错时一样。稻只在它熟透的时候，才肯低头。稻穗上沾着泥水，女孩儿们可舍不得再用发绳系它们，她们随手捡一根稻草，就将它们束在一起了。一块水稻田里，能捡到好几束这样的稻穗，最后抱在一起，就像抱着一个打瞌睡的小娃娃，它的脑袋垂挂在你的胳膊弯里，乖巧甜蜜的样子。

男孩子们进了水稻田，与其说是来捡稻穗的，还不如说他们是来找乐子的，水稻田里有比稻穗更吸引他们的神秘东西。一脚踩进稻田里，脚趾缝间哧溜一下钻出一堆烂泥，还有一条更滑溜的，可不是烂泥，是黄鳝或泥鳅。这些家伙在水稻田里长了几个月，又大又肥，大人们来割稻的时候，它们吓得钻进了烂泥里，脚步声刚远，又一帮杂乱而急切的脚步声就跟过来了，是我们这群男孩子。谁的脚踩到了一条黄鳝的尾巴，赶紧弯腰，两只手插进泥水里，左右包抄，不出意外地活捉了一条黄鳝，兴奋得哇哇大叫。

到了黄昏，我们满脸满身泥浆，回家，女孩子抱着她们捡到的稻穗，男孩子们也不是两手空空，他们每个人都能从稻田里捉到一两条黄鳝。大人们还在晒谷场上忙着呢，女孩子们将稻穗上的稻谷打下来，用石臼捣成米，扬去稻糠，这可是最新鲜的又白又香的大米。奶奶就用这碗新米煮了饭，又将男孩子们捉的黄鳝红烧了，破旧的农屋里，立即飘出米香和肉香，一直飘到晒谷场上。你看看那些男男女女的脸上，都露出久违的笑容，就知道他们一定是闻到这香味了。

只要是种过庄稼的土地，你就一定能在收获之后，再捡到一些什么。

到一块刚挖过的番薯地，你总能捡到不少的小番薯。这就不能空着手了，你得带上一把铁锹，或者一只小铲子，地的边角，没有挖过的地方，你将它挖开，必有所获。我们只看到了番薯藤的游走，绿油油的，爬满整块地，看不到的是那些番薯的根，也是在地下游走的，它来到地的边缘，田埂太坚硬，钻不过去，它在这里扎下根来，结一个小番薯。大人们在挖番薯时，不会挖边角的地，也可能他们是故意留下的，让我们这些娃娃来挖。此外，如果你看到番薯地里有大块的土疙瘩，千万不要被它迷惑，以为它只是一块土疙瘩。你用锹将它拍开，或者用铲子将它切开，我告诉你，土疙瘩里一定有惊喜，很可能里面藏着一个大番薯呢。番薯在地里待得久了，与周围的土紧紧地拥抱在一起，成密不可分的一家人了。挖番薯的大人们，就是被它的假象迷惑了，但它没能逃过一个捡番薯的孩子的眼睛，他那双被饥饿折磨的眼睛，反而变得无比锐利。

最有意思的是捡花生。种花生的地，往往是沙土地，这种土松软，最适宜花生的生长。起花生时，也不用铁锹或锄头挖开土地，只需用手揪起花生的茎叶，往上一拎，土里的花生，就一颗接着一颗，被揪出来了。这跟拔萝卜有点儿相似，所不同的是，萝卜只有一根，但一棵花生茎下，会结几十上百颗花生，虽然沙土地松软好拔，但是，总有那么几颗花生，与土结在一起，没有拔出来。这就是我们可以捡的花生。

捡花生时，最好的工具是铲子或者锄头，蹲下来，弯着腰，将土一层层扒开，找寻遗落在土里的花生。这是个细活儿，需要耐着性子，将整块土都翻一遍，谁知道哪块土里，落下了花生呢？

还真有人知道。这个人不是六娃，也不是铁柱，当然，也不是我。谁呢？我告诉你这个秘密——雨，天上下的雨。雨又不是人，但它肯帮我们这些捡花生的孩子的忙。一块刚起过花生的地里，不用急着去捡花生，你耐心地等，等老天爷下雨了，雨点噼里啪啦地落在花生地里，将土打湿。那些躲藏在沙土里的花生，一定以为自己现在已不是一颗果实，而是一粒种子，于是，一颗颗兴奋地从土里现身，探出头来……哈哈，我看见你了，一颗落花生的白白的脑瓜壳。

　　收割之后的大地，丰收之后的大地，就是这样慷慨，它给了劳动的大人们一茬茬收获，也给我们这些乡村长大的孩子到处都留下惊喜。它养育了我们，也养育着奔走于这块土地之上的每一个生灵。

被鸟唤醒，被鸡吵醒

入住一山间民宿，第二天早晨，忽被鸟唤醒。

哎呀那鸟声，叽叽喳喳，呖呖啾啾，嘤嘤咕咕，婉转，悠扬，悦耳，动听。是斑鸠，还是山雀？是燕子，还是布谷鸟？不知道，反正是被鸟声唤醒的，顿觉神清气爽，遂翻身，起床。

推开窗户，阳光扑进屋，鸟声更清晰了。窗外是树，树外是山，山外是云，云外是天。心情大好。下楼，同行的朋友都已吃过早餐了。感叹，是被第一声鸟鸣唤醒的，太美妙了。朋友笑说我确是被鸟唤醒的，但肯定不是第一声鸟鸣。天还没亮，树林里的鸟就叽叽喳喳叫起来了，叫得欢着呢。我没有听见，或者听见了，却没有被叫醒。

仔细想想，朋友说得对，我并不是被鸟声唤醒的，而是我醒的时候，刚好听到了鸟声。山上的鸟多着呢，鸟一直在那儿叫着呢，你什么时候醒来，都能听到它们的鸣叫，便误以为是被鸟叫醒的。

并非被鸟唤醒的，这似乎少了一点儿诗意。但睁开眼，就能听到鸟鸣，终归是一件惬意的事情。

有几年，我住在铁路边，每天早晨，是在哐当哐当的火车声中被震醒的。偶尔，火车经过时，不知何故，突然拉响汽笛，更是活生生将晨梦掐断，常常在惊醒之后，茫然不知身处何处，以为自己还漂泊在外乡呢。

更多的早晨，我是被闹钟叫醒的。年轻时，睡得晚，早晨醒不了，起不来，必得睡前设好闹钟，把自己吵醒，以免上班迟到。选择什么样的闹钟铃声，是个挺伤脑筋的事情。激昂的节奏，会惊着自己；轻灵的旋律，又恐叫不醒自己；难听的曲子，会坏了一天的心情。好听的音乐，喜爱的歌声，倒是能让自己在醒来的时候，心情放松舒畅，精神为之一振，但你很快又会发现，多美妙的音乐，一旦做了闹钟的响铃，用不了多久，你都会闻之如丧钟，心生恐惧和厌恶。糟蹋一支好曲子，最简单快捷的办法，就是将它设置为叫醒一个人的闹钟铃声。

小的时候，几乎每个早晨，都是被妈妈的喊声叫醒的，农村妇女，早晨起来事情多着呢：喂鸡、喂猪、喂牛、打水、扫地、抹桌子、洗衣服、做早饭、下地干活儿。等这一切都忙好了，见孩子还没起床，就一边赶着手头的活儿，一边扯着嗓门大呼小叫，把孩子一个个叫醒。如果妈妈的呼叫没能喊醒你，爸爸就会冲进房间，一把掀开你的热被窝，直接，干脆，粗暴，有效。多年以后，老母亲进城和我一起生活，还保留着早起的习惯，偶尔我需要早起出门，就会头天晚上跟老母亲交代一声，让她第二天一早几点喊醒自己。母亲的叫早比任何闹钟都准，但却再也不是大呼小叫了，而是轻轻地敲门，甚至是怯怯地，生怕惊扰了她的孩子似的。

我在城里生活了多年之后，有一年返乡，住在大伯家。半夜，大伯家的公鸡就开始打鸣了，"喔喔喔——"一声接一声，催魂一样。要命的是，大伯家的公鸡开了个头，前后左右隔壁邻居家的公鸡，就一只接一只叫开了。看看手机，才一点多钟。刚刚睡着啊，就被公鸡吵醒了，睡意全无。奇怪的是，睡在隔壁的大伯，却好像完全听不见，公鸡打鸣声一点儿也不影响他的睡眠，细微的鼾声穿过土墙，与此起彼伏的公鸡打鸣声"相互辉映"。

我小时候，也从未被公鸡的打鸣声吵醒过。那时候，它们的叫声，与村里的狗吠声、风吹过树叶的响声、隔壁老头子剧烈的干咳声、谁家小孩子的夜啼声一起，成为了乡村夜晚的一部分，也成了我睡眠的一部分。一个人怎么会被自己的睡眠给吵醒呢？

离开乡村已久，奇怪的是，公鸡打鸣会令人厌烦地吵醒我，而鸟的叫声却像过去一样，助眠或者唤醒，都让我心安神宁，从不嫌烦，也许鸟的鸣唱，是真正的天籁吧。

他们用的大水杯

我们单位的锅炉房，在一楼大厅的一隅。

我喜欢喝热水，每天都去打开水。以前办公室有过一个热水瓶，灌一瓶水，够我喝上一天了。后来热水瓶不保温了，也懒得换，干脆每次直接端着茶杯去锅炉房打开水，来来回回要走好几趟。同事笑问我不嫌麻烦吗。麻烦确是麻烦了点儿，但我愿意这样多跑几趟。每天坐办公室，一坐两三个小时，除了两只手在电脑键盘上打打字，看看稿子，做做版面，身体几乎不怎么动弹，以至腰围跑得比岁月还快。多跑几趟锅炉房，正好活动活动，也算是一举两得。

在锅炉房，经常会遇到也来打开水的人。早晨刚上班，打水的多是同事，一人拿个热水瓶，灌满一瓶，足够对付一天。除了这个时段，来锅炉房打水的，基本上都是外面的人。从几年前开始，为了方便群众，我们单位一楼大厅、锅炉房和厕所，就对外免费开放了。特别是这个锅炉房，给一些有需要的人带来了很多方便。

来锅炉房打水最多的，是穿着黄马甲的人，他们都是在我们单位附近负责清扫马路的环卫工人。我因为每天都要打几次水，时不时就能遇上他们中的一两位，因而有点儿面熟。其中一个大姐，每次来打水，用的都是那种特大号的水壶，水壶里放了一把粗茶，茶垢已经将水壶的本色完全掩盖了。看这个水壶的容量，比我以前用的热水瓶都要大很多。我好奇地问她："这么多水，你能喝掉吗？"大姐笑着说："哪够啊，我每天至少要来灌两次水，夏天的时候，还要更多一点儿，差不多得两壶半。"又补了一句："谢谢你们啊，得亏你们单位好心，允许我们来打水，以前都是早上从家里带一壶水来，喝完了就没了，水不够喝，口渴，也只能忍着。"

看见我端着的茶杯，大姐又笑了，说："你这个茶杯真小巧，真好看。"我笑了，其实我用的只是一个普通的玻璃茶杯，好看谈不上，小巧是真的，尤其是和大姐的大水壶放在一起，它简直像个小玩具。偶尔我外出办事，汗流浃背地回到办公室，口干舌燥，端起茶杯，咕咚咕咚一口气将杯里的凉水都灌下去了，还不解渴，那时候就会怪自己怎么会用这么小的茶杯？但这样的时刻并不多，更多的时候，我跟其他坐办公室的同事一样，是小口小口地啜饮的，不需要大茶杯。

不少快递小哥也会在送快递到我们单位的时候，顺带着灌一点儿热水。有个快递小哥，在他的快递小车上，绑了一个用旧烧水壶改成的水壶，水壶边还挂了塑料的水杯。停车了，拿起杯子，将水壶稍稍一倾，就能倒出水来，水已经凉了，咕咚一口喝下去，赶紧拿起快递，送上楼。更多的快递小哥用的都是那种又高又粗的有机玻璃茶杯，杯盖上有个带子，可以挂在快递车上。保安说，负责我们这片的快递小哥，快递件都很多，每天要送好几趟，一点儿空闲也没有，连喝口水也只能见缝插针。

这几天，我们单位边上的人行道维修，中午太阳太毒辣，工头让他们休息一会儿。他们就聚在我们单位一楼大厅，躲过这一两个小时的烈日。他们每个人的手里都拎着一个特大号的水杯，也多是有机玻璃的那种，厚厚的茶垢也早已将茶杯的本色抹去了。早晨出工的时候，他们在家里灌满了水，带到了工地，现在，水都已经喝干了，露出了里面粗粗的茶梗。他们去锅炉房灌满了水，就在大厅的角落坐下。我们的大厅里，摆放着一组供来客暂坐的沙发，我去锅炉房打水，却从来没有看到过他们坐在沙发上，也许他们是怕自己身上的尘土弄脏了沙发吧。

他们就安静地坐在大厅的角落里，身边都放着一个又灌满了水的特大号水杯，大厅里的中央空调，送来习习凉风，他们都蜷曲起双腿，头埋在膝盖上，打个盹儿。他们的后背上都是白色的汗碱，那是水变成了汗水，从他们身体里带走的盐分，那也是炎炎夏日里一个劳动者留下的印记。

影子是光的影子

三岁的嘉嘉，发现了一个秘密，有光的地方，才有影子。

走路的时候，他看见光是与自己的脚连在一起的，总也分不开。他想踢影子一脚，踢了个空，还差一点儿摔了一跤；他又想踩一脚自己的影子，他抬起脚的时候，影子也抬起了脚，他的脚落下去的时候，影子也落了下去，就是踩不到。他却可以很轻松地踩到爸爸的影子，也能踩到妈妈的影子，还能踩到树的影子、飞鸟的影子，他不明白，为什么唯独踩不到自己的影子？

三岁的嘉嘉生气了，他不想跟影子玩了，他要摆脱影子。他迎着光跑起来，跑出去五十米，回头一看，影子还跟在自己身后。他觉得是自己跑得不够快，这一次，他将小时候吃奶的力气都使出来了，两条小腿像飞轮一样，一边跑，一边扭头看，他看见，自己跑得有多快，影子就也跑得有多快。他已经跑得气喘吁吁、大汗淋漓了，也没能甩掉影子。他想，等自己长大了，能跑得像天上的飞机一样快，就能跑过自己的影子了，也就能摆脱影子的纠缠了。他懊恼地走到一幢大楼下，低头一看，咦，自己的影子不见了。

我们的童年，就是在与影子的游戏中开启的。这场游戏一旦开始，光与影，就会与我们周旋一生。

只要我遇见了光，影子必随之出现。就像每次只要我生出希望，就会一次次遭遇嘲笑和挫折，遭遇失败和打击。所有有光的地方，必会出现影子的身影，亦如所有的希望，都必有幻灭如影随形。

光照亮了这个世界，也照出了万物的影子。光让我们看见一切，万物因光的照射而光鲜，而生机勃勃，但它也必然让它自带阴影。光越明亮，影子也越黑；光渐微弱，影子也跟着式微。光普照大地，将万事万物，都照得亮堂堂的，唯独照不亮自己的影子。

当我向光明走去的时候，影子成了我的追随者。我有多执着，影子就有多执着；我逃离光明的时候，影子也永远比我跑得快。它引领着我，试图将我带向完全黑暗的地方。一个人只有在黑暗中，才能彻底地躲在自己的影子中。

阳光有阳光的影子，月光有月光的影子，烛光有烛光的影子，萤火虫也有它自己的影子。所有的光，无论大小，无论强弱，都有自己的影子。白天，我们在阳光下，看见的是阳光的影子；夜晚，我们在月光下，看见的是月光的影子；在天穹下，看见的是自然光的影子；在屋檐下，看见的是灯光的影子。我们常常在影子里面，寻找光明；我们又总是在光的映照下，看见了影子。这个世界，就是这么充满矛盾。

我也不全讨厌影子，在烈日当头的时候，很多人四处寻找影子：树的影子、高楼的影子、电线杆的影子。如果实在找不到影子，我们就举一把伞，挡住光，以及光的热烈温度。如果连一把伞也没有，我们就用自己的一只手搭在额前，手能挡住的光很少，聊胜于无，那点儿影子，我们给了脸和眼睛。

如果没有光，就不会有影子，但我们如何离得开光？没有了光，这世界岂不是一团黑暗？如果没有影子，我们就通体光鲜，这是多么美好的事情？果真如此，我们又如何确定，光的存在？光是影子的绊脚石，跟跟跄跄的永远是影子，而不会是光。影子是光的镜子，它只为了告诉这世界，是光照耀了我们。

在我很小的时候，我就像三岁的嘉嘉一样，以为影子是我们自己的影子，直到我在人世间摸爬滚打了几十年，千疮百孔，身心俱疲，我才发现，我的影子其实并不是我的，而是光的。你的影子也不是你的，我们的影子都不是我们自己的，所有的影子，都是光的影子。光和光的影子，跟随了我们一生，从白天到黑夜，从童年到老年，从生到死。

穷尽一生，我也摆脱不了各种影子，那仅仅是因为，我一刻也离不开光明。

第三辑
小小的壳里住着你

　　多年以后，我记忆里的那些剥花生的夜晚，早已经模糊。我只记得，手指剥得好疼，夜很深，天很冷，而我们一大家人围坐在一起，又是多么暖和的一幅画面。

奶奶的半个心愿

奶奶这辈子，就没有心想事成过。

她养育了七个子女，在那个并不富裕的年代，能将七个子女都拉扯成人，已经是天大的不易了。她哪里还敢有什么"非分"的心愿？她只求能将他们一个个养活，养大。她和爷爷，还真将他们一个个抚养成人了。七个子女，没有一个能念完小学的，她实在供养不起，但她将四个儿子中的两个，送进了军营。我的父亲和最小的叔叔，都当过兵，成为我们家的骄傲。

因为家庭的变故，我是在奶奶身边长大的。我是爷爷奶奶在年老体衰之后，还不得不倾尽全力拉扯大的一个孩子。我是他们的孙子，却更像是他们自己最小的孩子。

十岁时，我过了第一个生日。农村孩子，没有过生日的习惯，大多数的人，与我一样，只在第一个十年时，过一次生日，下一个生日，就得等到第六个十年了。在我乡下老家，十岁的孩子，就算长大了，而到了六十岁，那就算一个老人了。我老家的人，一辈子只过这两次生日，一少，一老。就像人生的一头，一尾。

所谓生日，也只是一碗面条，加三个鸡蛋。乡下人的鸡蛋，都是拿去集镇上换盐，买火柴或者肥皂的。一次吃三个鸡蛋，那已经是极奢侈的了。没有生日蛋糕，在我上大学之前，我压根儿就不知道这个世界上还有蛋糕。但在我吃面条和鸡蛋之前，奶奶让我许个愿。在这样的日子里，心愿像面条一样长，像鸡蛋一样滚滚而来。

我许了一个愿。我已经不记得当时许下的是什么心愿，大约总与吃有关。小时候经常饿肚子，吃是第一等大事。奶奶也没问我许的是什么愿望，说出来就不灵了。但我想，她一定是猜到了我的心愿。在我家最困难的时期，我也能隔三岔五地吃到一个鸡蛋，我的心愿，一次次被实现。

我问奶奶："你有什么心愿？"

她从不敢有什么"非分之想"，但她也总该是有一点儿心愿的吧。

奶奶笑笑："哪能没有心愿呢？我也是有心愿的，但我可不敢有一个心愿，我只有半个心愿。这半个心愿能实现，我就很知足了。"

"心愿哪有半个的？"我问。

奶奶说："我希望我们一家老小都有吃的。"我说："这不是一个心愿吗，怎么是半个？"奶奶说："吃得好，是一个心愿；吃得饱，也是一个心愿。可我和你爷爷都老了，每年在生产队挣的工分和口粮，想填饱肚子都难，更别说吃得好一点儿了。别饿着，能有一口吃的，就算不好吃，就算吃不饱，我们也知足了。"

我知道为什么我们家一天要吃三餐稀饭了，粮食根本不够吃，只能一把米熬一锅稀饭，米粒在大锅里翻滚，像天上的星星。最可恼的是晚上吃稀饭，吃少了，肚子填不饱，两三碗稀饭喝下去，肚子是饱了，撑了，半夜得一趟趟起来上厕所，一泡尿就把肚子又给掏空了，经常是半夜三更肚子咕咕叫，跟打雷一样。

奶奶的心愿，都是半个。她的另半个心愿是：全家人都能有衣服穿。只有我，每年过年前，才会做一套新衣服，在我的印象里，爷爷奶奶从未给自己做过新衣裳，他们身上衣服的补丁，早就遮盖了衣服的本色，你已经看不出它本来的样子。若干年后，我长得比爷爷还高了，我的旧衣服，就全成了爷爷的新衣服。妹妹穿旧的衣服，也成了奶奶的新衣服。唉，一个满脸皱纹的老太太，穿着破旧的花衣裳，真是要多难看，有多难看。奶奶从无怨言，她觉得一家人都有衣服穿，没有光着腚，没有衣不蔽体，就已经很满足了。

生产队每年年终，都会给家家户户结一次账，将工分折抵口粮后，多出来的，以现金的形式发给大家。我们家因为爷爷奶奶挣的工分低，总是入不敷出，折抵保命的口粮后，反而倒欠队里的钱。奶奶的半个心愿是多少能分一点儿钱，来应付一年一度的春节。可惜，她的这半个心愿，也从未实现过。我们家年年"超支"，欠了生产队一屁股债。后来还是当兵的叔叔，探亲回家，用他并不多的军人补贴，将生产队的欠账还清。

奶奶只敢有半个心愿，她觉得这样容易实现些，"有吃的""有穿的""有一点儿用的"……她已经很知足了。即使是这一个个打了折的心愿，也常常难以实现。

但在有件事上，奶奶却有一个完完整整的心愿——她希望她的孙子能好好念书。这是她这辈子唯一一个完整的心愿。

我们家的煤油灯，只给我看书做作业用；我们家唯一的一张桌子，白天是会客的，吃饭的，奶奶做手工的，而一到了晚上，就是我做作业的地方，谁也不能占用；农活儿再忙，只要我没有放假，奶奶就绝对不会让我下地干活儿，她觉得我多识一个字，就能多一分出息；家里几只母鸡下的鸡蛋，除了拿去集镇上换盐、肥皂、煤油的，奶奶都悄悄拿给我吃，她和爷爷一只鸡蛋也舍不得吃……为了让我念好书，奶奶拿出了她能拿出来的一切。

有一段时间，我迷恋上小说，每天抱着从镇上唯一的图书室借来的"大部头"，看得入迷。奶奶不识字，也不知道我看的不是课本而是"闲书"，她只朴素地觉得，她的孙子，抱着那么厚的书，看得那么认真，就是一件值得开心的了不起的事情。亲爱的奶奶，她不知道，正是她的宽宏大度，正是她的"盲目"信任，让我有机会为自己种下了一颗文学的种子，伴我走到今天。

我是奶奶一辈子唯一一个完整的心愿，我不敢说我为她实现了，我告诉天空，奶奶，我一直在努力。我相信在天堂的奶奶，定能听得见。

把自己活成屋檐了

　　"我回去了啊。"自从结婚以后，每次离开父母家，回自己的家，跟父母告别时，他都不说"回家"，而是"回去"。他在这个家生活了二十八年，这个家就是自己的家，回家，就是回到这里，回到父母的身边。忽然有了另一个家，自己的小家，这让他既欣喜，又莫名地有点儿淡淡的忧伤。他知道，从此以后，他跟外人说"回家"，就是回自己的那个小家，而不再是自己从小长大的这个家了。

　　但他在父母面前，从不说"回家"，他只说"我回去了"，或更简洁"我回了"，他觉得，在父母面前说"回家"，总有点儿怪怪的。虽然他也明知道，父母的家，已升级成了自己的老家了，而那个新组建的小家，才是自己真正的家。他改不了口，他也不想改口，很长一段时间，他还是把这个家当成自己的家，就像妻子，也还是把她父母的家，当成她的家。她跟他说，"我回一趟家"，他就知道，她回的，是她的娘家。

有了儿子后，他们的小家，才像一个真正的家了，一家三口，其乐融融。儿子小的时候，周末，他带儿子去看望自己的父母，跟儿子说："走，我们回家。"儿子稚嫩的小脸一脸迷惑："爸爸，我们不是在家里吗，还回什么家？你是不是傻了啊？"他当然没傻，但儿子的话，让他缓过神来，傻傻一乐："我是说，带你回爷爷奶奶家。"儿子愿意去爷爷奶奶家，爷爷奶奶比爸爸妈妈更疼他，总是给他准备很多好吃的好玩的。到了下次，再带儿子去看望父母，他还是习惯性地说："儿子，我们回家去。"儿子不再迷惑了，他已经明白，爸爸在自己家里说"回家"，与在外面说"回家"，意思是不一样的，是去爷爷奶奶的家。

在父母家吃一顿饭，或者待上一整天，离开的时候，儿子有两种态度。有时候是迫不及待地离开，"回家咯，回家咯！"兴奋得直嚷嚷。爷爷奶奶乐呵呵地看着他："瞧这个小东西，回家这么开心，爷爷奶奶家不好吗？"语气里有些落寞。也有时候，儿子舍不得离开，哭着嚷着不肯走："不回家，我就不回家！"奶奶拉着孙子的小手，对他和妻子说："要不你俩先回去，就让他跟我们住一晚，你们明天再来接他？"语气里带着恳求。他如果不答应，儿子就会耍赖："不是你说回家的吗，这里就是我的家。"他和妻子相视一笑，由儿子吧，正好他和妻子也能清净地过二人世界。

儿子年龄渐长，学业开始紧张起来，很少有时间再与他们一起去看望爷爷奶奶了。妻子的工作也忙，还要抽空去看望自己的父母，渐渐地，平时都是他一个人去探望父母了。每次回父母家，他都尽量把家里的力气活儿做了，将需要爬高上低的事情，也都一把做了，父母年岁大了，自己又不能每日陪在身边，尽可能不留隐患。有一次，客厅的一个灯泡坏了，老父亲在桌子上架了把椅子，自己换灯泡，差一点儿摔了下来。他叮嘱父母，这么危险的事，今后千万别做了，找个师傅来做，或者等他回来。有时候，父亲或者母亲身体不舒服，他就会在家住一两晚，陪伴他们。打电话跟妻子说："我晚上就住家里了，不回去了啊。"躺在自己卧室的床上，他辗转难眠。小时候，跟父母一起搬进这个家的情景还历历在目，似乎只是一眨眼，自己离开这个家，离开这个房间，已经十几年了，自己已人到中年，而父母，也正不可遏止地老去。

有一次，他和妻子拌了嘴，一生气，他离开了家。结婚这么多年，他还是第一次摔门而出。出了小区，他却茫然不知往哪里去。恰好有辆公交车过来，也不管是几路，他跳了上去，晃晃悠悠、恍恍惚惚到了终点站，下车一看，竟然来到了父母家附近。走到了家楼下，抬头看看，家里的灯都关了，父母已经睡了。他悄悄地上楼，用钥匙打开了门，蹑手蹑脚地走进了自己的房间。他没有惊动父母。和衣躺下，想了想，他还是给妻子发了条信息："我回家了。"又细想想，总觉得哪里不对，赶紧又补发了一条："我在父母家。"

儿子初三和高三那两年，为了照顾好儿子，他和妻子都忙得脚不沾地，也很少有时间去看望父母。儿子高考成绩出来那天，他第一时间拨通了父母家的座机，电话刚响了一声，就接通了，他知道，老两口一定是守在电话机旁的。那一晚，他的家，还有十几公里外的父母家，都是灯火通明，幸福的灯光，将这一大家子人的脸，都照得又红又亮。

儿子上大学后，有一次打电话给他，问他在哪儿。他告诉儿子，在家里呢。儿子闻声却顿了一下，问他："你是在我们家，还是爷爷奶奶家？"那天，他还真是在父母家。他笑笑："在你爷爷奶奶家呢。"儿子说："那正好，你把手机给奶奶，我跟她讲讲话。"他将手机给了老母亲，老母亲微微颤抖着手，接过了手机。听着他们祖孙的通话，他的眼睛，忽然有点儿湿湿的。

他四十六岁那年，父亲去世；他六十二岁那年，母亲也去世了。那个他从小长大的家，彻底空了。他将父母遗留下来的房子卖了，全拿去给儿子还了房贷。

他失去了一个家。他多了一个家——儿子的家。儿子在几百公里外的省城工作，结了婚，买了新房子。

有一天，他正在小区外的街心公园，跟几个老伙伴打牌，忽然，手机响了，是儿子打来的。儿子问："爸，我回家了，你在哪儿呢？"他赶紧放下牌，一路小跑着回家。儿子站在家门口。他问儿子："你咋不自己开门进屋啊。"儿子说："我出差路过，没带家里钥匙。"他开了门，忙给妻子打电话："快回来，儿子回家了！"

儿子在家住了一晚，第二天一早，拉起行李箱，要走。对他和妻子说："爸，妈，我回……回去了。"

他清晰地听到，儿子是说"回去"，多么熟悉的一个词。他感觉有什么东西往眼眶涌。他使劲憋了回去。儿子出了门，回头说："过几天就放暑假了，我们带你孙女回家来住几天啊。"

"好，好！"他和妻子站在阳台上，看着儿子的背影。走出小区大门的时候，儿子扭回头，挥了挥手，儿子看到，自己家的阳台多么像一个屋檐，而屋檐之下，是自己最爱的，正一日日老去的父母。

小小的壳里住着你

　　一直在剥啊，剥啊。

　　似乎有剥不完的花生，在我小时候，在一个接一个的冬天的夜晚。

　　白天我们有其他的农活儿要做。即使到了冬天，地里也是有活儿的。懒人看不见，路过的人也看不见，但我爷爷都看在眼里，他自己一大早就扛把铁锹或者锄头下了地。等到太阳升起来了，从地的西北角刮向东南角的寒风里，也有了一点儿暖和的气息，他就让我们也下地干活儿。哪怕只是将一块冰冻的土疙瘩敲成碎块，那也是给出土才一寸多长的麦苗掖了掖过冬的被子。农活儿是被我爷爷找出来的，像庄稼一样，一茬接一茬，没完没了。

　　我们便只能在夜晚，剥花生。除了留下来做种子的花生，其他几麻袋的花生，都要剥去壳。花生米比带壳的花生能卖出更好的价钱。过年扯布做新衣裳的钱，开了春买种子化肥的钱，还有我和妹妹的学费，都指着它呢。你再去剥花生的时候，剥开的，就不仅仅是一粒粒花生米，它也是一粒粒盼头呢。

剥花生是我做过的最简单的农活儿，它几乎不需要任何技巧，除了有点儿费手指。每年冬天，我的手指都是僵硬的，隐隐地疼。天太冷了，脸和手都冻得红通通的，手背上还总是生出冻疮，但指腹却从不生冻疮，也不知道是花生剥多了，练出了耐寒又耐疼的本领，还是老天爷心疼我们，让我们的指腹好端端的，可以拿来帮大人剥花生。

大拇指和食指捏住花生，用力，咔嚓一声，花生壳就被捏开了，张开一条缝，露出了里面的花生米。花生米穿着一层红衣裳，像乡下孩子红扑扑的小脸蛋儿。这时候再用一点儿力，花生壳就分成了两瓣，像一扇吱呀一声打开的门，门里面走出来一个，两个，或者三个小孩儿。花生壳里，也住着娃娃，一粒，两粒，或者三粒花生米。这是我奶奶告诉我的，一个花生壳就是一个家，家里面住着娃娃，有的人家只有一个娃娃，有的人家是两个，或者三个。她让我们找，有没有四个娃娃、五个娃娃的人家。村里这样的人家有好几户，这一堆花生壳，比我们的村庄大多了，肯定住着这样娃娃多的人家。

剥花生本是一件简单、乏味、枯燥的活儿，我的不识字的奶奶，让剥花生变得有趣起来。我和两个妹妹不比赛谁剥的花生壳多，而争着看谁能剥到最多花生米的壳。我们便专挑那种长长的花生壳剥，这样的花生壳，多是弯的，像那些娃娃多的人家，房子总是七拐八绕的，挤满了大人和孩子睡觉的床。这样的房子也是我们玩捉迷藏最好的地方，随便一个旮旯儿，都能藏起来，让别人找不到你。我剥到过一个最多的花生壳，里面大大小小住着五粒花生米。当我将壳剥开的时候，它们挤挤挨挨地排成一排，一头一尾，一粒最大，一粒最小，没能和其他三粒花生米站成一条直线。我惊讶地看着它们，它们也圆溜溜地看着我和围在我身边的两个妹妹。那时候，我们还是孩子，它们也是孩子，它们的家让我惊讶，我的家也一定让它们很好奇吧。

花生米丢进筐里，花生壳扔在一边，一颗花生就剥好了。再接着剥下一颗。每天晚上都会有一堆花生等着我们去剥。等我们将它们都剥好了，往往已夜半，躲在夜色中的瞌睡虫，早就等得不耐烦了。堆在一起的壳，比没剥的时候，显得还要多，但它们的家已经被掏空了，没有了花生米的壳，就像一个没有娃娃的房子，只是一个没有生气的空壳。而筐里的那些花生米呢，现在也分不清，哪一粒是和自己住在一个壳里的了。它们走散了。当我将那五粒花生米都丢进筐里的时候，它们的童年就结束了，五兄弟或者五姐妹，从此与其他花生米一样，浪迹天涯。就像我和妹妹们一样，长大之后我们就分别有了自己的家，天各一方。

多年以后，我记忆里的那些剥花生的夜晚，早已经模糊。我只记得，手指剥得好疼，夜很深，天很冷，而我们一大家人围坐在一起，又是多么暖和的一幅画面。

阳台上的花，都是个体

这个春天，我家阳台上的花，开得很"放纵"。

先是梅花。梅花是个急性子，它总是等不及春风吹拂，就先开放了。我养的这株梅花，是个十多年的老桩，五短身材，又矮又壮，表皮是棕黑色，比我乡下老爹的手还黑还糙，很沧桑的样子，但它的花骨朵儿，却嫩得能掐出蜜汁来。这很像我老爹用他粗大的糙手，笨拙地抱着他的孙子，这个也是在冬天出生的小家伙，是这个乡下老头儿掌心里的嫩芽。

我是在一个早晨发现了梅花的秘密的。清晨的微风，带着寒气，楼下小区里的草地上，甚至还结着一层白霜。梅花却开了。先是一朵，从两个枝丫之间，钻出来一颗小脑袋，怯怯地张望。我看见它的时候，它也一定看见了我，我脸上的惊讶，一定也惊到了它。它还没有绽放，像一个小眼珠，还没有完全睁开。第二天我又发现了一朵，第三天更多。它们的样子，看起来像老桩上鼓起的一个个小包。它们分布在不同的枝丫上，有的还在侧面，像个腼腆的小姑娘，藏在梅枝后，这可躲不过我的眼睛，我从小就是捉迷藏的高手。有一天下午，我回家比平时早，西斜的阳光，落在了我家阳台上，其中的一缕阳光，恰好落在那株老桩梅身上，那些花骨朵儿，真是给点儿阳光就灿烂，霍然就绽放了。

这个早春，我去杭州的超山看过梅花。那里有成百上千株梅花，全部绽放时，开出的花，肯定比杭州的人口还多。超山是赏梅的胜地，灵隐寺也有很多老梅，此外还有环西湖的零零散散的梅花呢，它们与柳树为邻，一红一绿，很般配。那么多的梅花，或红，或粉，或白，一树树，一团团，一簇簇，很美，很壮观，很震撼。我家阳台上的花不一样，它们是个体，是一朵，又一朵，我看它们时，也是一朵，又一朵。我从不会将这一朵与另一朵混淆，也不会将它们连成一片，虽然我将它们拍成照片发在朋友圈时，我的朋友们看到的是一片姹紫嫣红，而我看到的，是一朵，每一朵。

接着开花的，是海棠，还有山茶花。我家的阳台上，总共八只花盆，一半是海棠，可见我对海棠的偏爱。其中最小的一盆垂丝海棠，我是摆放在茶几上的。它是花盆里的老幺。我承认我是偏心老幺的，就像很多父母，总是心疼最小的那个孩子。有时候我坐在茶几边晒太阳，吃点儿零食，碎屑顺手就丢进了这个花盆里，也许它并不喜欢我这个恶习，但这确也成了它额外的营养。它也很会撒娇，总是先于其他几盆海棠结出花苞来，给我惊喜。

第一朵海棠开出来时，我给它取了名字——仙，仙是我大妹妹的名字。第二朵呢，我喊它——秀，你肯定猜出来了，这是我二妹妹的名字。第三朵，不用说，是我妻子的名字——红。我看见第三朵花很开心的样子，因为它就是红的，红得像我妻子年轻时一样鲜艳，灿烂，好看。我们家女人们的名字，都很土，我们出生的那个时代，父母大多没什么文化，孩子生出来了，总得有个名字吧，他们第一眼看到的花，就成了女孩儿们的名字。我们那个村庄，叫仙的女孩儿有五个，叫秀的更多，老老少少十多个。你站在村头喊一声，十多个屋子里有人答应，还有那么多房前屋后的花呢，也会跟着摇摆，呼啦啦一大片。阳台上接着盛开的花，我没有更多的名字给你们了，我就唤你们老四、老五、老九……都是专属的，我记得你们分别在哪个枝头，就像你们肯定也记得我这个老头儿一样。

　　每天早晨，起床后，第一件事情，就是去阳台，看一看我的花们。它们睡了一宿，肯定有话跟我讲，比如它做了一个什么美梦，或者它看见了深夜里的一颗流星。你听不见一朵花跟你说话，是因为你没有养护过它，或者你只是看到了一树的花，而不是具体的一朵，它自然懒得跟你交心。赶在日出前，我得用喷壶给它们浇浇水，这是给花和叶们洗洗脸，花们爱干净，清水会带走落在花瓣上的微尘，让它们清爽，青翠欲滴。野外的花，夜露是它们的清洁剂，阳台上的花，得不到多少夜露的滋润，需要你帮帮它们。

　　更多的时候，我就坐在阳台上，安静地看看书，喝喝茶，或者发发呆。我的花们陪伴我，亦如我陪伴它们。我在自己的世界里神游一番后，灵魂回到阳台，回到这些花身边。我的目光带着我的灵魂，落在一朵花上，又跳到另一朵花上。无论我在这个俗世，心情有多浮躁，眼神有多迷离，身心有多疲惫，一旦回到这些花的身边，就变得温柔了，宁静了。我会一朵一朵地看过去，用目光抚摸它们，我的目光唯有与这些花照面时，才如此清澈，如此温柔，如此安宁。有些花躲在枝后，我就转动花盆，让它转到我的面前，与我面对面，或者我自己蹲下来，绕着花盆转一圈，我不会漏过任何一朵花。一朵开在花园里的花，只是花群里的一朵，有它不多，无它不少，而我家阳台上的花，每一朵都是唯一的，被我看见和记住的。如果我在这个春天没有看见它，忽略了它，谁会知道这个春天，曾经有此一朵花？

　　一定有从我家楼下经过的人，抬头看见了它们，他们惊讶于楼上这家的阳台，繁花盛开，如此美艳。但他们只是看到了一团花，是花的集体，就像他们在小区里看到的那一树的桃花一样。那个将手机镜头对准了其中一朵花的人，再次路过时，也肯定找不到他之前对焦的是哪一朵了。而我自己看到的，永远是一朵，每一朵。它们一样，又完全不同，它们都来过这个春天，盛开，鲜艳，灿烂。

　　就像我们自己，也是盛开在人群中的一朵朵花，唯我们自己知道，我们是一个个个体，是唯一的那一朵。

给孩子一个自己看世界的窗口

女儿四岁生日这一天，她送给女儿的生日礼物，是一台儿童卡通数码相机。

这个礼物，女儿爱不释手。

怎么会想到给女儿送一台照相机？这源于一次偶然的经历。那天，她从幼儿园接到女儿后，带她去附近的小公园玩。黄昏的公园很美，女儿的身影，更是完美地融在其中，她忍不住拿出手机，咔嚓咔嚓给女儿拍了很多照片。女儿忽然扬起小脸，对她说："妈妈，我也给你拍张照片吧。"这是女儿第一次提出给自己拍照片，她将手机递给了女儿，准备教她怎么拍摄，没想到女儿歪着头说："我会的。"

她找了湖边的一块石头坐下来，黄昏的湖水，泛着静谧的波光。太阳快落山了，晚霞倒映在湖中，像是给湖水镀了一层金色。她觉得这样的背景，很美，女儿怎么拍，都能拍出不错的效果。女儿拿着她的手机，一会儿横着，一会儿竖着，还前后左右地走动，来回比画了好几次，看样子是在找角度，忽然兴奋地喊道："妈妈别动！"她保持不动，女儿摁下快门，为她拍下了一张照片。

她从女儿手里接回手机，打开手机相册，看到了女儿刚刚给自己拍的照片。她习惯性地先看看女儿拍的照片清不清晰，自己的眼睛有没有闭上。每次老公给她拍的照片，她都不满意，总是不是拍歪了，就是拍丑了。果然不出所料，照片里的自己有点儿模糊，因为是逆光，她的脸根本看不清楚。她心里嘀咕，唉，这拍的是什么啊。但她很快就发现了这张照片的不一样来，她的身后，湖水之上，是一轮硕大的夕阳，正好与她的脸相映。

女儿一脸期待地问："妈妈，我拍得好看吧？你看看，你的脸，跟太阳的脸一样红，一样好看呢。"

她忽然明白，女儿为什么握着手机移来移去了，她是要把自己妈妈的脸，和太阳拍在一起，在女儿的眼中，妈妈的脸，像太阳一样红扑扑，一样美丽。她摁下快门，记录下了她眼中最美的角度，最美的一刻。

她将女儿拍的这张照片，设置成了自己的微信头像。这是女儿为她拍的第一张照片，也是女儿第一次拍照片，她找到了一个属于她自己的窗口，去看镜头里的妈妈，还有这个世界。她意识到，给孩子一个自己看世界的窗口，就是让她尝试着以自己的视角去看这个世界呢。

她送给女儿的礼物是一台卡通相机，也是给了她一个看世界的窗口。

自从有了这台卡通相机，女儿就经常带在身边。她给女儿的相机配了一个较大的内存卡，这样，女儿看到什么她自认为有趣的，或者好看的，或者任何值得一拍的，她就会拿出她的小相机，咔嚓咔嚓地拍下来。

她从不干涉女儿，应该拍什么，不应该拍什么；也从不指手画脚，怎么去拍。她想拍什么，就拍什么；她想怎么拍，就怎么拍。

女儿很快还学会了将相机里的照片倒腾到电脑上，这样可以更长久地保存。而且，她自己还无师自通地学会了分类，将不同的照片，放在不同的文件夹中。

一个周末，女儿请爸爸妈妈一起欣赏她这么多天拍的照片。大约有上千张照片，这才几个月的时间呢，她可真是看到什么，都要拍下来啊。

一个文件夹里，放的都是女儿拍的花。有的花是他们自己家阳台上的，有的是小区里的，还有的是路上看到拍下来的。有的拍得清晰，有的却模糊，也不知道是她没拍好，还是故意拍成这样的。好在花朵都很鲜艳，好看，看起来真是喜庆。

另一个文件夹里的照片，都是小虫子。有蚂蚁，也有蝴蝶，有蜜蜂，也有蛾子，甚至还有几张是爸爸拍死的蚊子。卡通相机的焦距小，很多小虫子拍得并不清晰，但很显然，这是女儿眼中真实的动物世界。

最有趣的是其中一个文件夹里的人像，有妈妈在厨房里忙碌的身影，也有老家的奶奶来看他们时带来的土特产，还有奶奶满脸皱纹的大头照。最多的是爸爸的影像，爸爸躲在阳台上抽烟的样子，爸爸打电话的样子，爸爸开车的样子，爸爸窝在沙发里抠脚丫的样子，爸爸接她放学背着她的花书包的样子……女儿的相机经常挂在脖子上，谁知道她什么时候会偷偷地拍下他们的照片，记录下了他们真实、琐碎，甚至有一点儿猥琐的样子呢？

女儿的照片，记录下了他们生活的点点滴滴，最关键的是，她通过自己的窗口，看着身边的人，身边的事，身边的生活。其中的很多照片，拍的角度并不好，又不够清晰，有什么关系，那正是一个孩童所看到和认知的世界。

一个几岁的孩童，她眼中的世界，就是这样多彩而又有点儿模糊，真实而又有点儿魔幻，有趣而又明显很稚嫩。重要的是，一旦有了自己的窗口，她就会看见这个世界，她就会在一次次的遇见中，慢慢长大。

在她以稚嫩的双眼看这个世界的时候，世界也正宽容地看着她成长起来。

向语文老师问数学

　　去朋友家做客，朋友读初中的孩子请教他："你能推荐几本数学书吗？"

　　他笑了，说："可我是语文老师啊。"

　　孩子说："我知道你是语文老师，所以才请你推荐几本数学书。"孩子又补充了一句："课外阅读的。"

　　作为语文老师，他经常向学生推荐课外阅读书，他更深知，课外阅读对学好语文，真是太重要了。他能随口推荐几十本值得推荐的书目，诸如中国古典四大名著，诸如《哈姆雷特》《悲惨世界》《战争与和平》，等等。可是，数学书？还真没有推荐过，他也不知道什么样的数学课外书值得一读。他甚至有点儿好奇，数学也有课外阅读的书吗？

　　他最终没能给朋友的孩子推荐一本数学书。回家之后，他就去了图书馆，他想了解一下，除了教辅，除了各种练习册，数学有没有值得一读的课外读物。

还真有，还不少。他随手从书架上拿了一本《汉声数学图画书》，翻看了几页，挺有趣，挺生动，挺吸引人。做学生时，他的数学就是弱科，对于数学的畏惧，直到上了大学，再也不用学数学、考数学了，才慢慢消除。他没有想到，原来数学也可以这么有趣，一点儿不枯燥。

在学校，他是语文老师，也是班主任。每到寒暑假前，学校都会要求学生们利用假期，多读一些课外书，而推荐书目，一直是他这个班主任兼语文老师一个人的事情。他自己也一直固执地以为，只有读《红楼梦》《飘》这样的经典文学著作，才算是阅读，才能提升自己的人文素养。

他发现自己错了，很汗颜。

眼看暑假又要到了，他第一次与班级的其他授课老师坐在一起，商讨给同学们推荐暑假读物。学校和上级单位每年都会发书单，而且很长，但他希望各科老师也能自己推荐一两本本学科的课外读物，或者从数学老师或科学老师的角度，来推荐一两本文学读物。他觉得换个角度看，阅读才会多元化。

老师们也很新鲜。以前放假了，各科老师都只会发一大堆本学科的试卷，让同学们在假期练习，以巩固之前学习的知识。读课外书，那不是你语文老师的事情吗？

是，也不仅是。他举了个例子，自己当年是学中文的，对科学既不懂，也没兴趣，但最近偶尔从儿子读的一本科学读物上，看到"氨基酸组合效应"，真有醍醐灌顶之感。他第一次知道，我们人体内有八种氨基酸，只要有一种含量不足，其他七种就无法合成蛋白质。也就是说，八种氨基酸，缺一不可。而当缺一不可时，"一"就成了全部。我们都知道管理学上有一个"木桶理论"，一只木桶想盛满水，必须每块木板都一样平齐且无破损，如果这只桶的木板中有一块不齐或者某块木板下面有破洞，这只桶就无法盛满水。这个理论也经常被我们用在对学生们的教育上，告诉他们各门学科不可偏废。他看了一眼科学老师，接着说，如果我们在科学课上，除了教授学生们这些科学知识，同时也借机跟他们讲一讲其中蕴含的人生道理，会不会既有知识，又生动有趣？

他开玩笑说，生活中，有人对数字不敏感，常被人讥笑"数学是体育老师教的"。术业有专攻，体育老师是教不了数学的，但体育运动中，一定蕴藏着许多数学知识，换句话说，数学知识能帮助我们更好地进行运动，最大可能地发挥出自己的水平。这不正是数学和体育的相通之处吗？语文、数学、物理、生物……这些看起来不相干的学科，其实有很多是相连、相关或相通的。阅读也是这样。仅仅读文学作品，是远远不够的；认为阅读只是语文课的事情，也是片面的。数学中也有阅读，生物、物理、化学，都有除了书本、习题和考卷之外，值得学生也值得我们每个人读一读的知识点、趣味点。

暑假前，他在最后一课上，照例给学生们发放了一份暑假推荐阅读书单。与以往不同的是，其中的十本书，是由其他几科老师推荐的。更让同学们讶异和惊喜的是，暑假的作业册减少了很多。同学们激动地说，这个暑假，真可以"开卷有益"了。

老样子是什么样子

去理发店理发。坐定，理发师问我剪个什么发型。我回答修短一点儿就可以了。我对发型一向没什么要求，短一点儿，好打理，即可。因为不讲究，也不固定在哪家理，更不在意是哪位理发师傅理。我家附近有三五家理发店，我都去理过发，却并不固定，有时候是走到哪家理发店门口了，忽然一撸头发，觉得长了，该修剪修剪了，便走了进去。这些理发店和师傅，面是熟的，人是生的，类似于熟悉的陌生人。他们看我也应该是这样吧。

过了一会儿，又进来一位顾客，在我旁边的位子坐下。过来一位理发师，为客人系上围布，梳顺头发，问："老样子？"顾客也不说话，只点点头。两个人就这么一句对话，理发师却已心领神会，咔嚓咔嚓开始剪。看得出，顾客是老顾客，师傅也是老师傅，关键是发型也是老样子。我忽然好奇，这位顾客的"老样子"是个什么样子？

我们差不多同时理好了发，我扭头瞥了一眼身边的那位顾客，理的是"三七分"发型，中规中矩，看起来文质彬彬的样子。想来，他这个发型，应该保持很多年了，理发师帮他梳头发时，左侧的头发，自动倒向左侧，右边的头发，自动倾向右边，像是有条分水岭。这就是他的"老样子"了吧？我见他五十来岁的样子，已有不少白发了。也不知道他这个发型理了多少年，发型还是那个发型，头发却白了，稀了。

有一次出差，去一家小吃店吃早饭。这家早餐店门脸儿不大，早餐的品种却很丰富，稀饭、豆浆、油条、包子、煎饼，应有尽有。我和同事，分别点了稀饭、包子和豆浆、油条，每人还各要了两个茶叶蛋。客人蛮多，新来的客人大声喊："老板，给我来二两生煎，一碗稀饭。"又或："老板，来碗豆浆，两根油条。"要稀饭的稀饭来了，要豆浆的豆浆来了。我们正吃着，又进来一位长者，在我们对面的空位子坐下，与其他人不同，他不点餐，只顾自己坐定，还抽出一张餐巾纸，将桌子上的油腻擦一擦。少顷，小吃店的老板走过来了，端来一碗稀饭、一个煎鸡蛋、半根油条，把这些整齐地摆放在他面前。长者笑着点点头。

我猜想，这是一位老顾客了，经常来吃早餐，也可能是每天都来，每天吃的都一样，所以根本不用点餐。但我好奇的是，老板为什么只上了半根油条？结账时，我忍不住好奇，问了老板。老板笑笑："从我们店开张，老人就一直在我们这吃早餐。吃的也一样。偶尔换个什么，老人就会提前跟我们说，不说的话，就是老样子。不过，以前是他和老伴儿两个人一起来吃，每人一碗稀饭加一个煎鸡蛋，两个人合吃一根油条。半年前，他老伴儿走了。他有两个月没来吃过早餐。后来，总算缓过来了，还是每天上我们家吃早餐，每天吃的也还是老样子。但一根油条他也吃不了，我们就给他上半根。我们从不卖半根油条的，只卖给他。"

我没想到，在这个外乡的早晨，我听到了这样一个有点儿伤感的故事。我想象着他失去老伴儿之后，第一次一个人走进这家小吃店，吃着老样子的早餐，会是怎样失落忧伤？同样的一碗稀饭、一个煎鸡蛋、半根油条……另半根，却再也没人与他一起分享了。"老样子"已经不是老样子了。

一位多年未见的大学老同学，忽然打来电话，也没什么事，就是问候问候。关切地互问这些年过得怎么样。我跟他说："我呢，离开了老家，换了两家单位，也早不做老本行了，漂泊在外，时时想念家乡。"问他怎么样。老同学顿了顿，叹口气，说："还是老样子。"我听别的同学说过，他大学毕业后回到家乡，在县里的一家单位，一干就是三十多年，却一直只是个普通办事员，据说连工位都一直没有变过。我无法想象，一个人在同一个单位，同一个职位，甚至同一张办公桌，一待三十余年，是怎样的一种情形？想当年，我们大学同窗时，一起做过多少梦啊！我们所有的梦想里，恐怕唯一没有的是，几十年后，我们还是老样子。真的是吗？是，似乎也不是。我们的青春没有了，我们那些梦想的翅膀，也没有了。

前不久，家乡来客。十多年前，他曾来杭州旅游过，惊叹杭州变化如此之快。我问他家乡的状况。他说，还是老样子。我笑了，去年我回乡过。村里的老房子，大多翻盖过了；曾经泥泞不堪的乡道，早已经硬化铺成柏油路了；儿时的玩伴，还留在村里的没几个人了；村里的娃娃，几乎全都是陌生的面孔……怎么会是老样子呢？家乡也是变化着的，他只是一直生活在家乡，没觉出它的变化罢了。

老样子是什么样子？老样子是你熟悉的样子。老样子是你习惯了的样子。老样子是你记忆中的样子。老样子是改变了你却并没有觉察的样子。老样子只是我们心底碎碎念念难忘的样子。

"老样子"，多么朴素的一个词，多么令人感怀的一个词。我们以为还是老样子，其实已经大不一样了。

没有老样子。

到处都是童年的舞台

两个孩子，在街头的公交站台相遇。

一个孩子穿着练舞服，看样子刚从附近的某个舞蹈培训班走出来，另一个孩子穿的是校服，还背着个小书包。两个孩子站在路边聊了几句。背书包的孩子将书包放下，校服也脱了，放在书包上面。两个孩子面对面，开始比画起来。

我也在等公交车。等车的人不多。穿练舞服的孩子，先做一个动作，另一个孩子也跟着做一个动作。你来我往。两个七八岁的女孩子，就这样在公交站台，翩翩起舞。站台并不大，转个圈都略感困难。但两个女孩子，跳得很认真。

我也没啥事啊。我就看着她俩，像看一场街头的即兴演出。我看出来了，穿练舞服的女孩子，可能是刚学了一个舞蹈动作，而她要把这个新学来的动作，教给自己的好朋友。公交站台成了她们的临时舞台。她们的手臂在空中摆过时，我感觉空气都开心得颤抖。不远处街头小公园里的花朵，也一定看到了这一幕，它们开得正艳，远远地做她们的舞台背景。

童年真好，到处都是孩子们的舞台。

有一次，我一个人坐火车卧铺去远方。一路上很孤单。车过南京站，上来一家三口，两个下铺是他们的。火车开动不久，小男孩儿就跟妈妈说，他要再练习一下。我躺在上铺，正无所事事呢，便好奇地向下张望，看他练习什么。小男孩儿从书包里拿出一张纸，开始念起来。我听出来了，应该是一个学校活动的主持词。他念的内容，我真没听进去几句，好看的是小男孩儿严肃的表情，小脸憋得通红，一本正经的样子，很投入。仿佛这不是在火车上，仿佛他面对的不是他的父母，还有睡在上铺的一个陌生旅客，而是面对校长、老师和几百名同学。我憋住没让自己乐出来，那也许会伤了一个小男孩儿的自信心。

我这一辈子，都没有上台表演过。我有舞台恐惧症。舞台让我恐惧，聚光灯会让我不自在，摄影师和照相机的镜头，更是让我手足无措。当然，最难的，还是面对舞台下的几百双眼睛，我一定会紧张得说不出话来。我相信很多人与我一样，害怕舞台，当然，我们大多也没有机会上舞台。

但我们也一定有自己的舞台。

我小时候是在农村长大的。像大多数农村孩子一样，我们生性腼腆，在陌生人面前，往往连话都不好意思说。但村庄是我们的舞台，村口的池塘是我们的舞台，晒谷场是我们的舞台，老槐树的枝丫是我们的舞台。我们在玩石子游戏时，是不会在乎大人的眼神的，甚至连最凶的生产队长的训斥，也吓不倒我们。女孩子们在玩踢毽子时，那动作的流畅和自如，一点儿也不比电视机里城里的女孩子差。当某个池塘的水被抽干了，全村的孩子都赶来浑水摸鱼，池塘里有残水和烂泥，还有藏匿其间的鲶鱼什么的，瞬间就成了我们放纵的天堂。你看看，我们在自己的舞台上，也是放得开的，也是快乐的。

每个人都是有舞台的。就像现在活泼的孩子们，到处都是他们的舞台，他们能随时随地翩翩起舞，自信，自由，自如。而我们的舞台是麦田，是工地，是车间，是操作台，是马路。这样看来，到处也是我们的舞台。

是的，生活，就是我们每个人的舞台。

孩子眼中的好孩子

幼儿园的老师提问："你觉得什么样的孩子，是好孩子？"

孩子们争相举手，回答老师的问题，也诉说着自己心目中好孩子的样子。

"帮妈妈做家务的孩子，就是好孩子。"首先回答的，是一个胖嘟嘟的小男孩儿。小男孩儿的妈妈告诉过老师，他可是家里的暖宝，没上幼儿园之前，就会自己洗小手绢和袜子了，他最喜欢做的事情，就是帮妈妈剥毛豆。每次剥完毛豆，指腹上都染得绿绿的，像小乌龟的头。还特别喜欢帮奶奶穿针，奶奶是老花眼，一根线，一根针，半晌也穿不上。小男孩儿接过针，接过线，线头瞄准针鼻儿，一穿而过。只要奶奶准备做针线活儿了，他就守候在侧，帮奶奶穿针，线用完了，再帮奶奶穿。

小男孩儿旁边的小女孩儿说："有礼貌的孩子，是好孩子。"小女孩儿扎着好看的小辫子，有时候玩得太疯，辫子散了，小女孩儿自己不会扎，老师帮她，扎好了，一定不忘向老师说一声"谢谢老师"；早晨进幼儿园，看到老师，不管是不是自己班的，都亲热地喊一声"老师早"，从门岗经过，也一定向里面的保安大叔喊一声"爷爷好"。

另一个小女孩儿接着说："我觉得会自己穿衣服，自己系鞋带的孩子，是好孩子。"老师扑哧一声乐了，没想到，这个孩子这么在意系鞋带这件事。小女孩儿刚进幼儿园时，不会系鞋带，穿的都是没有鞋带的"一脚蹬"的鞋子。有一次，幼儿园搞一个活动，要求学生都穿运动鞋，那天她也穿运动鞋了，半途鞋带散了，自己不会系，急得哭了起来。老师安抚她，并教她怎么系鞋带。示范了一遍，小女孩儿没学会，再示范，还是不会。老师只好帮她系好鞋带。后来家长告诉老师，小女孩儿回到家后，就让爸爸教她系鞋带，练了一遍又一遍，就是系不好。年轻的爸爸崩溃了，系鞋带这么简单的事情，怎么就是学不会呢？！算了，还是穿"一脚蹬"的鞋吧。第二天，早晨起来，出门上学时，小女孩儿竟然拿出了昨天穿的运动鞋，爸爸无奈地摇摇头，正准备帮她系鞋带，小女孩儿弯下腰，说："我自己系。"拿起鞋带的一头，又拿起另一头，交叉，穿越，再回穿，打结……鞋带竟然系起来了！这小家伙，一定是昨晚一个人躲在房间里，自己反复练习了。年轻的爸爸一把抱起了女儿。

"承认错误的孩子，才是好孩子。"

"我觉得不跷二郎腿的孩子，就是好孩子。"

"不打人的孩子，是好孩子。"

孩子们叽叽喳喳，你一言，我一语，说出了自己心目中好孩子的标准。

　　等孩子们讲得差不多了，老师又问："那么，请你们看看，我们身边的小朋友，哪个是好孩子？"

　　这下更热闹了。

　　坐在最前排的小男孩儿，指着自己的同桌说："小颖是好孩子，她总是帮助我。"

　　老师点点头，说："是的，喜欢帮助别人的孩子，是好孩子。"

　　一个女孩儿转头对身后的另一个女孩儿说："你有好吃的，总是会分给我们，有好玩的，也会拿给我们一起玩，你是好孩子。"

　　老师再次点点头，说："嗯，你说得对，懂得分享的孩子，是好孩子。"

　　刚刚被表扬的女孩儿指着前面的小胖墩男孩儿说："那天下雨的时候，是他打着伞，将我们从操场接回教室的，他还总是保护我们女生，他是好孩子。"

　　是的，照顾别人，呵护别人，是好孩子。老师发现，几乎每一个孩子，都被"指认"是好孩子，而他们觉得对方是好孩子的理由，简单得不能再简单，纯粹得不能再纯粹，一次帮助、一次分享、一件小事、一声问候……在孩子们看来，那就是好孩子。

　　老师问了最后一个问题："那么，你们觉得自己是好孩子吗？"

教室里一下子安静下来。孩子们你看看我，我看看你，忽然谁也不说话了。

过了一会儿，一个小男孩儿怯怯地说："我……我觉得自己是个好孩子。"

老师笑盈盈地看着他，说："你的理由是什么？"

小男孩儿憋红了脸，说："妈妈在厨房烧饭的时候，我就带妹妹玩，还有，看电视的时间结束了，我就听话地关掉电视机，不偷偷看电视……所以，我认为我是个好孩子。"

老师笑着点点头，还冲他竖了一个大拇指，说："老师也觉得你是个好孩子。"

小男孩儿开心地看看身边的同学，自豪地笑了。

班级再次炸开了锅。

"老师，妈妈说我写字很认真，夸我是好孩子。我也觉得自己是好孩子。"

"老师老师，我也是好孩子，我不玩手机。"

"老师，我吃饭不挑食，我是好孩子吗？"

"老师，我都是一个人自己睡觉的，我是个勇敢的好孩子。"

孩子们七嘴八舌，述说着自己是怎样一个好孩子。

老师说："是的，在老师眼中，你们都是好孩子，你们各自都有自己的优点，老师希望你们，永远做一个好孩子。"

这是我的一位做幼儿园老师的朋友向我们讲述的故事。她动情地说："在天真、纯朴的孩子们眼中，好孩子的标准，就是这些看起来微不足道的一件小事、一个举动，简单而纯粹，它们就像一粒粒种子，埋在了孩子们幼小的心灵中。这些善良而美好的种子，必将成长为一棵棵参天大树，伴随孩子们的成长，护佑他们漫长而艰辛的一生。"

夏天，一滴水钻进了脖子里

　　烈日下，我像一条狗，贴着墙根走，墙那点儿阴影，刚刚好将我掩藏住，免受正午阳光的毒辣的直射。

　　突然，一滴水，滴答一声，钻进了我的脖子里。

　　它是笔直地落下来的，像一个高台跳水的人，哧溜一声扎进水里，连个浪花都没有。一滴水溅不起浪花。虽然我的后背早已经湿透，如果脱下汗衫拧一拧，肯定有一碗水。一滴水砸进一碗水中，本该有小小的浪花，但我的汗水是平铺的，它对额外的一滴水并不感兴趣。

　　这滴水却是凉的。与我的汗水不同。我的汗水是热乎乎的，从我的身上淋下去，砸到了地上的一只蚂蚁。汗水砸不死一只蚂蚁，却将蚂蚁的一只脚给烫瘸了。它钻进了我的脖子里，像一粒冰。这粒冰如果带着钻头，它就能钻进我的身体里，将我身上多余的热量，带走一点儿。但它没有。它一落进我的脖子，就跟我后背上的那些汗水融为一体了。

　　但我还是忍不住摸摸我的脖子。我需要确定它是一滴水，而不是别的什么东西。它果然是一滴水，无色无味，不像是什么不明液体。我又抬头，想看看它是从哪儿落下来的。此刻是正午，阳光明晃晃的，阳光才不会落泪呢。天空是蓝的，没有一丝云彩，蓝不会渗出水。那这滴水是从哪儿飞来的？我看到高高的墙上挂着一排排空调外机，忽然明白了，是它们在滴水，这个夏天高温天太多了，所有的空调都累坏了，呼哧呼哧的，个个转得是大汗淋漓。

　　虽然只是一滴水，那也是好的。

　　我在建筑物下面走，常常被类似的一滴水砸中。有时候是空调的，有时候是谁家阳台上刚刚晾晒的衣服的，也有可能是正在浇花的老头儿，他的手一哆嗦，喷壶的嘴，对着花盆外面打了个小喷嚏，其中的一滴水洒到了我脸上，或者钻进我脖子里。我住在一幢高楼的低层，到了夏天的夜晚，卧室遮阳棚总是彻夜乒乒乓乓地响，人家是夜夜笙歌，我是夜夜听雨。第二天早晨才发现，落在遮阳棚上的每一滴雨，都是各家空调溅出来的"夜露"。

　　说到雨，你一定不会留意，第一滴雨也总是喜欢钻进我们的脖子里。它本可以落在你的头顶，那里大得就像一个直升机的停机坪；它也可以落在你的脸上，你的脸那么大，那么显眼，如果一滴雨愿意瞄准，可以很精准地落在你的眼睫毛上，或者鼻孔里。但是，雨不，它就喜欢钻我们的脖子。甭管你的衣领开得多大或多小，雨从空中遥遥地落下，总是不偏不倚，滴答一声，钻进了你的后脖颈，让你凉得一激灵。我们的后背，好像对凉飕飕的东西特别敏感，我们常常后背一凉，没人前胸一凉吧？但紧接着的雨，就没有这个闲情了，劈头盖脸地落下来，以最快的速度，将你打扮成一只落汤鸡。

有一年，我坐绿皮火车，没有空调，人又多，我被挤在两节车厢的中间。我的前面是人，后面是人，左边是人，右边也是人。但我没想到，我的胳膊下面也有人，是个孩子。忽然，那孩子仰起头，对他爸爸说，火车里下雨了。怎么可能？我低头一看，好家伙，我的胳膊上的汗水，汇聚到胳膊肘，然后，一滴一滴地，啪啪地，正好砸在孩子的头上和脖子里。难怪他喊下雨了。我赶紧用另一只手，将这只手的汗一把撸去。

哎呀，这个夏天，我已经热得不堪，如果我能变化，我希望将自己缩小，小到我足以钻进一粒冰里，钻进那个钻进了我脖子里的一滴水之中。

成长日记

　　从小学二年级开始，女儿就开始学写日记了，会写的字不多，很多是用拼音代替的。记的事情基本上是流水账，也不瞒着妈妈，妈妈想看就拿去看。有时候，妈妈忙，来不及看，或并不想看，女儿还会兴冲冲拿着日记本，缠着让妈妈看一眼自己写的日记。

　　不知道从哪一天开始，女儿忽然不愿意让妈妈看自己的日记了，把它藏在抽屉里。这反倒激发了妈妈看日记的兴趣，常常借着给女儿房间搞卫生，做贼一样，偷偷瞄一眼女儿的日记。女儿对妈妈老是偷看自己的日记很恼火，不仅换了带锁的日记本，还让爸爸给藏日记的抽屉也装了一把锁。

　　不让看，那就自己也写一本日记呗。妈妈买了一个笔记本，重新捡起了已多年没写的日记。记什么呢？就记录女儿的成长故事吧。妈妈觉得，这要比记录自己那些鸡毛蒜皮的日常更有趣，也更有意义，将来等女儿长大了，就将这本"成长日记"作为她的成年礼物。

从开始写日记的那天起，每天，无论多忙，无论多累，无论回来多晚，妈妈一定会拿出日记本，记录下女儿这一天的点点滴滴。偶尔出差或出门在外，她也会每天打个电话回家，问问女儿这一天的情况，嘘寒问暖一番，叮咛一番，然后，将这些都记录在日记里。有时候连续在外几日，放心不下女儿，惦记着家，她也会将自己的这种思念和情绪，在日记里释放出来。

母女俩就这样各自写着自己的日记。女儿的日记，记录的全是自己的学习和生活，她知道妈妈也在写日记，但她并不清楚妈妈日记的内容，无非是她自己那些婆婆妈妈的事呗，她不关心，也不感兴趣。虽然女儿并没有像妈妈那样给自己的日记取名字，但事实上，这两本日记，都是她的"成长日记"。

有时候，妈妈还是遏制不住地想看看女儿的日记，她倒不是有偷窥的欲望，而纯粹是好奇和关心女儿。但是，女儿就是不愿给她看，没辙。妈妈想了一个办法，她跟女儿提议，每个月，随机选择一天，互相让对方看看自己那天的日记。没想到，妈妈的这个建议，女儿竟然同意了。

期待的月末到了。

女儿用扔橡皮的办法，选到了十七日。这天是周四。

妈妈翻到这一天的日记，递给女儿。女儿看到，妈妈的日记是这样写的：昨晚没睡好，早上起得迟了一点儿，没来得及给女儿做她最爱吃的煎饺，以为女儿会像以往一样，不高兴，不肯吃早饭，没想到女儿并没在意，很开心地吃了稀饭、煎蛋和馒头。我感觉女儿比以前懂事多了，这真是一件开心的事情，不过，今后还是不能睡得太晚，女儿正长身体呢，不能让她连早饭都吃不好。

看了日记，女儿对妈妈说："我完全不记得哪天没有煎饺啊，再说，一顿没有煎饺有什么关系？"女儿没有告诉妈妈的是，妈妈日记中最后那句话，让她有点儿感动。

女儿将自己日记本的其他地方都捂了起来，只给妈妈看十七日那天的日记：今天曹老师表扬我了，说我的作文进步很大。曹老师已经好久没有表扬过我了，这真让我开心啊！！！我今后一定要多写作文，争取让曹老师把我的作文作为范文，在全班同学面前读出来。加油！！！

看到一连两处三个感叹号，妈妈忍不住笑了，看得出，曹老师的表扬，对女儿来说，是多么重要。

互看日记，就这样成了母女俩的一个约定。这竟成了妈妈每个月最期待的一件事情。

又一个月末到了。这一次，抽到的是三日。周日。

妈妈看到女儿的日记是这样写的：今天太累了，太累了！一天连上了三个兴趣班，吃不消啦，下午四点多钟才回到家，还有好多作业没做。我都累成"狗"了，妈妈竟然还打算让我加一个作文兴趣班，这是想"作"死我吗？呜呜呜……

女儿看到的妈妈的日记：今天去某某培训学校接女儿，在楼下遇到了以前的同事某某，她给我推荐了一个作文老师，是个作家，她儿子自从跟他学习后，作文进步非常大。接到女儿后，我迟疑地问女儿愿不愿意再加一个作文班？没想到，女儿一口答应了："好啊！"女儿对学习上的事，总是很积极。真是乖巧、懂事又努力的女儿。

这一次，母女俩记录的是同一件事，可令人意外的是，妈妈的感受和女儿的感受，有天壤之别。妈妈问女儿："你那天明明是很开心地答应再加一个作文班的啊。"女儿说："我是为了让你们高兴，真让我自己选的话，除了舞蹈课，别的兴趣班我一个也不想上。"

妈妈又喊来了爸爸。一家人为此开了一个家庭会，讨论女儿的兴趣班问题。最后达成一致，下学期将兴趣班减少一半，具体上哪个兴趣班，由女儿自己选择并决定。

女儿在当天的日记里，记录下了这一幕。这一天的日记，妈妈还没有看到过。女儿不知道的是，其实妈妈那一天的日记，也是记录下了这件事，很长，很多感慨。如果下个月正好选到了这一天，她们就互相能看到。看不到也没关系，选择到的任何一天，都是一次成长的轨迹，都是值得期待的。

这位妈妈，是我的一位好友。她这样坚持写日记，并每月与女儿交换看某一天的日记，转眼已经四年多了，女儿都上初中了。她庆幸自己记录下了女儿成长的脚步，更重要的是，通过这样的交换和交流，她对女儿有了更多的了解，与女儿有了更多的沟通。虽然每个月只能看到女儿某一天的日记，但她觉得已经很满足了，其他的日子，就当是女儿成长的秘密吧。

我们画出了一个城市

新学期第一次班会，老师将黑板擦拭干净，让孩子们每个人在黑板上，画一个心愿。

"心愿可以画出来吗？"有同学问。老师笑着答："当然可以呀，你有什么心愿，你就将它画出来，让我们的心愿，点亮这块黑板。"

第一个孩子走上讲台，用粉笔画下了一幢漂亮的房子。她是今年刚转学过来的学生，以前在一家外来务工人员子弟学校上学。去年，在工地上做电焊工的爸爸，拿到了人才居住证，这才得以将她和妈妈的户口迁了过来，也才能转到这所学校上学。老师家访得知，他们一家现在还租房子住，不过，爸爸可以申请人才房，小姑娘的心愿，就是在这个城市，有一个自己的家。

第二个孩子，在房子的边上，画了一个足球场。他是个足球迷，希望家门口就有一个这样没有围墙，二十四小时可以免费踢球的社区足球场。

一个男同学，画了一条街道，在街道上画了一个小机器人，机器人正驮着一个快递盒子一样的东西在奔跑。男同学解释说："我的爸爸以前是一家报社的投递员，送报纸的，现在做了快递小哥……"同学们哄堂大笑，男同学自己也笑了，改口说："我爸爸四十多岁了，也许应该叫快递老哥吧。"同学们笑得更欢了。男同学说："不管叫什么吧，我的心愿是长大之后，开发出这样的机器人，帮忙送报纸、送快递，那样，我爸爸就不用那么辛苦了。"

站在一旁的老师，插话说："大家不要笑，他的心愿很美好。正是有了这样美好的心愿，我们的生活才变得更美好。"

同学们继续一个接一个地走上讲台，用心画下自己的心愿。

个子最高的同学，在黑板的上方，画了几朵云。他说："这些天太热了，有了云朵，天空就不单调了，漂亮了，也为上学的我们，还有扫马路的阿姨，送快递的，以及建筑工地上的人们，遮挡了烈日。"

一个女生，在足球场的边上，画了一棵树，又在树下面，画了一条小狗，有趣的是小狗是抬着头的，仿佛在往树上看着什么。同学们叽叽喳喳议论开了，这是什么意思啊？已经走下讲台的女生，又转身回去，在树上画了一只小鸟。女生说："我喜欢小动物，希望我们每天都能听到鸟鸣和小狗的欢叫。"

一个胖女生，在楼房旁边，画了一条宽宽的跑步道。她希望每天能在跑步道上跑步，而不用吸到汽车的尾气。

一个男生说："我的心愿也是有个社区足球场，但我还有一个心愿，我可以画出来吗？"老师点点头。男生画了一幢高大的建筑，在建筑的上方，画了一个醒目的红十字。他说："我希望家门口就能有一家大医院，现代化的大医院，这样，我的爷爷奶奶看病就方便了，不用倒来倒去坐公交车去医院了。"

一个女生，画了一个大大的橱窗，看得出，那是大商场的橱窗，里面的商品，一定琳琅满目。

另一个女生，画了一辆漂亮气派的汽车，在车顶上，还画了一个顶灯，上面写着"TAXI"。她说："希望爸爸能将他那辆开了十多年的出租车，换成一辆新车。"

最有意思的，是一个女生，画了好多花，这里几朵，那里几朵。有人问她，为什么画那么多花？女生答："我就是喜欢鲜花，我就喜欢到处都有鲜花。"

还有一个孩子，给黑板上的每幢建筑，都画了一部电梯，甚至给足球场的看台也画了一部电梯。问他为什么到处都画电梯，他说他有个邻居好朋友，腿受过重伤，如果没有电梯的话，二楼都上不了。他希望到处都有电梯，这样，他的朋友就可以像自己一样，想去哪里，就去哪里了。

全班四十个同学，都在黑板上，画下了自己的心愿。黑板上，变得密密麻麻。

一个孩子忽然惊讶地说："老师，我们画出了一个城市啊。"

大家一看，咦，还别说，真像一座城市，应有尽有。

老师点评："它确实像一座城市，不过，与我们生活的这座城市，既一样，又不一样。一样的是，它其实就是我们真实生活的写照；不一样的是，它还包含了我们每个同学的心愿。因此，准确地说，它更像是一座我们期望的城市，一座更美好的未来城市。"

老师赞许地说："同学们，你们发现没有，很多别人的心愿，往往也正是我们自己的心愿，这个黑板上的心愿，既是你们每个人的，也可以说是我们大家集体的心愿。我相信，只要我们共同努力，我们每个人的心愿，都会实现。"

班会结束了。值日同学舍不得擦掉黑板，老师拿出手机，拍照："我会替你们珍藏，也会发到家长群的。让我们共同期待，每个心愿实现的那一天。"

上山的姿势

爬华山，又险又累。

半途，遇到一个挑夫，背着个大筐，吃力又缓慢地向上走着。我们攀华山，很多地方须手脚并用，真的是爬上去的，挑夫不是，他是走上去的。他后背上的背篓，估摸着有百来斤重，压在他身上，从山脚一路走上来，肯定比我们累多了，但他却不能手脚并用地攀爬，他的腰是弯曲的，呈六七十度角，不能再弯了，再弯下去，他就直不起腰了。他只能这么佝偻着腰，一步一步地，向山上走去。

如果是刚上山，如果还有力气，我们一定能快走几步，超过他的。但一级级陡峭的台阶，将我们的能量都吸走了，我感觉自己的双腿，就像拖着个大铅坨，似乎比这个挑夫的背篓还沉重。我们就跟在他的身后，一步一步地向上爬。一个更苦更累的人，走在你前面，这能给你鼓励。

这是华山最长最陡峭的一处登山石阶，几乎所有的人，到了这里，都有气无力，气喘吁吁。前面的挑夫，一手握着拐杖，噔噔噔地缓慢而坚定地向上走。我们跟在他身后，目光正好与他的背篓平行，能看到背篓上的绳子，绷得紧紧的。如果绳子也有牙齿的话，它此刻一定紧咬牙关，既要勒紧挑夫双肩上的皮肉，又要牢牢地牵住沉重的背篓。

走到石阶的一半，挑夫也走不动了，他停了下来。我以为他会卸下背上的背篓。没有。而是反转身，让背篓对着山上，手上的拐杖伸到背后，往背篓底下一撑，试一试，撑稳了，这才肩膀稍稍往下沉了沉，背篓上的绳子也松懈了下来，现出软塌塌疲惫的样子。拐杖帮他撑住了背篓的一部分重量，但是很显然，他的肩膀和腰，还得承受着背篓的大部分重量。难道对挑夫来说，只要减轻了一点儿重担和压力，就算是歇歇脚了吗？我好奇地问他，为什么不干脆卸下来，好好地喘口气，歇一歇？挑夫呵呵乐了，说："这你就不懂了，一旦卸下，想要再背起来，可就难了，需要耗费更大的力气，而且，你也可能就此倦怠了，根本就不愿意再背起它。"想一想，还真是这样，我们肩上的担子，很多时候，还真不能半途卸下来，只能咬紧牙，一鼓作气担到底。

又与挑夫闲聊了几句。他告诉我们，他的家就在山下，每天背一背篓的物品送上山，能挣个百十来元，下山的时候，顺便背一点儿垃圾下山，也能挣个二三十元。有时候，遇到节假日，游客多，山上的消耗大，他就往返背送两趟，这就能挣个两三百元。

一天往返两趟，别说还要背上百斤的重量，就是空着身，想想也可怕。但他显然已习惯了这样的生活。他说，自己的两个孩子，一个已经在上海读大学，圆了自己年轻时读大学的梦想，另一个也已经念高中了，很快，他就能将他们都养大成人，日子就轻松一点儿，慢慢能好起来了。等儿女都成人了，工作了，他就不需要再这么辛苦了。说这些的时候，他的脸上现出一丝笑容。他用手指指下面，指着正吃力地往上攀爬的游客，说："你们看看，所有山上的人，身子都是向前倾的，用脚尖走路，手脚并用，眼光也是紧盯着眼前的台阶，只是偶尔抬头看一看前方的山顶，他们的姿势都很笨拙、很难看，因为上山本来就是一件吃苦吃力的活儿。"又指着几个侧身而过下山的人说："而下山的人，身体都是往后倾的，脚跟先落地，目光也是投向远方的，显得从容不迫、悠然淡定，因为他们刚刚像英雄一样登过山顶，看过美景嘛。"

　　我们扑哧一声，乐了。没想到，在华山遇到的这个挑夫，如此风趣。

　　歇息了一会儿，我们继续一起向山顶攀爬。回味刚刚挑夫说的话，我们上山的姿势，还真是身体前倾，踮着脚尖，紧盯着脚下的台阶，一步步，吃力地，艰难地，手脚并用，向山顶攀爬。而每迈出一步，你就是向前的，向上的，离山顶越来越近的。

第四辑
心中有张桌子

我一个人在他的书桌旁，小坐一会儿，我不会翻动他的任何东西，那是一个少年的秘密。我只是坐坐，安静地坐一会儿。

我看到了五颜六色的油菜花

春天到了，老师布置作文，让孩子们写一写春天。

一个学生写道："春天的田野里热闹极了，到处都是盛开的鲜花，芳香扑鼻。在爸爸的油菜田里，我还惊喜地看到了五颜六色的油菜花……"

老师在"五颜六色"下面，打了一个大大的叉和一个大大的问号。

作文点评时，老师特意将这个孩子的作文拿出来进行点评。

老师问："油菜花是什么颜色的？"

同学们齐声答："黄色的。"

老师又问："那我们可用什么词语来形容它？"

同学们叽叽喳喳地答："金黄的，金灿灿的，黄澄澄的……"

老师说："可是，某某同学说，他看到了五颜六色的油菜花。"

同学们哄堂大笑。

老师接着说："写作文最忌讳的是什么？就是胡编乱造，连一点儿基本的常识都没有。比如有的同学写作文，说二月三十日，他和爸爸回老家去探望爷爷奶奶。谁家的日历上，有二月三十日啊？一派胡言。"

老师让那个学生站起来，问他："你们家的油菜花，是五颜六色的？你可真会编啊。"

那个学生点点头，又摇摇头。

老师问："你点头是什么意思，摇头又是什么意思？"

学生答："我点头是因为我在爸爸的油菜田里，真的看到了五颜六色的油菜花；我摇头是因为我没有编。"

老师扑哧一声，乐了，说："你爸爸是农民吗？你们家的油菜花是五颜六色的吗？"

学生答："我爸爸不是农民，他是个科技人员，去年春天，我在他们的试验田里，看到了他们培植的油菜花新品种，就是五颜六色的，有白的，也有粉的，有红的，也有紫的，当然，也有很多黄色的，但不光是金黄色的，也有鹅黄色、土黄色的，还有橘黄色的。"

老师说："你有点儿常识好不好，我告诉你，油菜花都是黄色的，只有黄色的，金黄的黄，自古以来，油菜花都是黄色的。"

学生说："我拍了照片。"

老师答应了一声，不相信地说："那我倒要看看。"于是，从讲台上的一堆手机里，找出那个学生的手机。学生打开手机里的相册，翻找。找到了。

老师呆住了。果然，五颜六色。老师揉揉眼睛，没错，也都是油菜花，不是别的什么花。

沉默了片刻，老师郑重地向这个学生，也向全班同学道歉，说："是我错了。我以为所有的油菜花都是黄色的，我一直坚信油菜花只有黄色。油菜花是黄色的，这本是常识，但我没有想到的是，科技会改变一切，包括很多'常识'。"接着对那个学生说："谢谢你，让我们长了见识。"又对全班学生说："这个事情让我们明白，真的是见多才能识广。"

老师再转身对那个学生说："如果可能的话，能不能让我们班的同学，去你爸爸他们的试验田，一起去看一看五颜六色的油菜花？"

学生点点头，说回家问问爸爸。

全班同学热烈鼓掌，期待着在这个春天，一起去看五颜六色的油菜花，以及五颜六色的春天。

装作是自己家的

房车停在了西湖边。

吸引了很多目光。很多人对房车好奇，问这问那。我都一一笑答。

走过来一个小女孩儿，四五岁的样子。来到房车边，好奇地张望，扭头问跟在身后的女子："妈妈，我能上去看看吗？"女子有点儿难为情地看着我。我打开车门，放下脚踏板，对小女孩儿说："欢迎你，上来吧。"

小女孩儿站在车门口，却迟疑地不上来。我看出来了，她穿着鞋子，不知道是像我一样脱了鞋子，还是穿着鞋上来。我说："你可以穿着鞋上来，也可以脱了鞋赤脚上来。"

小女孩儿听了我的话，弯下腰，脱了鞋子，将两只鞋子整齐地放在车门口。真是太懂事了，我一下子喜欢上了这个小女孩儿。

小女孩儿上了车。站定，四处张望，有点儿手足无措。第一次参观房车的人，都会好奇车里的配置，我总是像个导游一样，跟他们一一解释：这个是床，这个是冰箱，这个是卫生间，这个是卡座。我也照旧一一指给小女孩儿看。

　　小女孩儿看中了卡座，怯怯地问我："爷爷，我能上去坐一坐吗？"

　　她喊我为爷爷。还是第一次有人喊我为爷爷，我看起来有那么老吗？站在车门外的妈妈笑着嗔怪她，应该喊伯伯。我笑笑，无妨。爷爷就爷爷，显得亲切。我对小女孩儿说："没事的，你坐吧。"

　　小女孩儿走到卡座旁，先用手轻轻摸了摸。这对卡座，是我花了好几千元定做的航空座椅，坐着很舒服。小女孩儿小心翼翼地坐了下去，却只坐了半个屁股，像是怕把它压坏了。我对她说："你往里面多坐一点儿才舒服。"小女孩儿看看我，又轻轻地往里挪了挪。我问她："这样坐着舒服吗？"小女孩儿满足地点点头。

　　坐了一会儿，小女孩儿站起来，问我："爷爷，这是干什么的？"

　　她指的是水池。我告诉她，这就和我们家中厨房里的水池一样，可以洗菜洗水果，也可以洗手洗脸。小女孩儿一脸诧异，说："真有水吗？爷爷，那我能洗洗手吗？"

　　当然可以。我打开了水泵，拧开水龙头，水哗哗地流了出来。小女孩儿踮着脚，够到了水池，伸出两只手，水淋到了她的手上，她很认真地搓了搓手。"车上的水，真凉快啊。"小女孩儿开心地说。房车的水箱是在车身下，今天刚刚在虎跑灌满了泉水。小女孩儿的惊喜，也惊喜到了我。我试了试水，确是凉的。

女子在车下喊她："看好了吗？爷爷要休息了，不能打扰人家。"我笑笑说："没事没事，让她多玩一会儿。"儿子长大后，我就再也没有带小孩子玩过了。这个小女孩儿，也给我带来了久违的快乐。

小女孩儿问我："爷爷，这是睡觉的床吗？"

"是的，"我告诉她，"我们晚上就是睡在这上面的。有了床，这个车才叫房车呢。它就是移动的房子，移动的家。"

小女孩儿看着我，犹豫了一下，问："爷爷，我……我能不能上去躺一下？"

第一次有人提出这样的要求。我怎么会拒绝一个孩子的愿望呢？

小女孩儿爬了上去，又看着我说："爷爷，我真的能躺一下吗？"

我点点头。

小女孩儿躺了下去，还闭上了眼睛。我被她认真的样子逗乐了。一直站在车外往里探望的孩子的妈妈，也乐了。

小女孩儿躺了一会儿，坐了起来，对我说："我装作睡了一觉。"哈哈，只有孩子，才会说出这样的话。

下车的时候，小女孩儿转身对我说："谢谢爷爷，我装作是自己家的车。"

我又一次被她逗乐了，说："亲爱的孩子，你将车装作是自己家的，我也将你装作是我自己的孩子了。"

有了房车几年来，这个小女孩儿是我的房车上第一个这么小的客人。她的好奇，她的懂事，她的可爱，打动了我。

小女孩儿和妈妈走远了。我们关上了车门，准备休息。车窗外，就是美丽的西湖，房车生活给我们带来了很多意外的收获，就像今天这个小客人，给我们平淡的生活，带来了一点儿涟漪。亲爱的孩子，我都不用装，它本就是美好的一天。

年味与仪式感

很多人都感觉年味越来越淡了，而我的朋友小红，却有着完全不一样的感觉，她的年，别有滋味。

这样的改变，始于十年前。

结婚之后，与很多年轻人一样，每到春节，她都面临一个两难的选择，就是去哪家过年。去老公家，自己的父母就会孤单；去自己的父母家，老公的父母会失落。更重要的是，双方的父母生活在不同的城市，去哪里过年，她和老公都是带着孩子，来回疲于奔命。在和丈夫商量后，他们做出了一个决定，每年选择一个新地方，迎接新春。如果父母愿意，就带上他们。

这些年，他们去了很多地方：在广西北海过年，看蔚蓝的大海；在黑龙江黑河，体验冰天雪地的年味；在贵州苗寨的吊脚楼里，一大家人一起感受了苗家人特有的年俗风情……

有人问她，这不就是借着春节，出去旅游了一趟吗？小红笑答，这还真不仅仅是旅游。选择一个新地方过年，是去感受不一样的年味，领略不一样的民俗、民风、民情，而她之所以刻意选择新地方，意在地方是新的，年是新的，春天是新的，人的心情也是新的。在她看来，这些"新"合在一起，就是她的年所特有的年味和仪式感。

这两年，不能像往年一样四处游走，她就将目光锁在了周边。去年春节，她带着全家，去了山里一户农家过新年。今年，她也早已安排好了，就地过年，但她还是给家人安排了一个不一样的迎新春方式。她将租一辆房车，大年三十晚上，在家里吃完年夜饭后，就开着房车，带上全家人，停靠西湖边，逛夜西湖，躺在房车里用手机看春晚。而大年初一的早晨，一家人将集体早起，盛装看西湖的新年日出。依然是满满的仪式感。

年的仪式感，我觉得小红这句话，说到了点子上。

为什么我们会感觉小时候的年味更浓？小时候，生活再苦，年夜饭一定要丰盛，十大碗摆满桌，这就是仪式感；一定要等全家人都聚齐了，才吃年夜饭，这就是仪式感；一定要等到吃完了年夜饭，才能穿上漂亮的新衣裳，这就是仪式感；一定要大扫除，写春联，贴年画，放鞭炮，讲吉利话，大人给孩子派发压岁钱，这就是仪式感；平常再苦、再忙、再累，过年那几天都停下来、放下来、闲下来了，这就是仪式感……现在，谁还会特意留到年三十晚上，才换上新衣裳呢？谁还会只在过年时，才有好吃的好玩的呢？以前的年味，很大程度上，取决于平常享受不到的物质；而现在，吃的、穿的、玩的、用的，日常就丰富多彩，期盼新年的动力就没有了，仪式感不再那么强烈了，年的味道可不就淡了。

　　这就需要我们自己想办法，给年找一些味，赋予它与众不同的意义。小红选择一个新地方迎新年，这就是一种仪式，这就是小红一家不一样的年味。有那么几年，电视台的春节联欢晚会忽然走红，成为全民的期待，也是一种仪式、一种年味。我有位同事，自从有了孩子后，每年都会选择在大年初一那一天，拍一张盛装的全家福，这成了他们家的新传统、新仪式、新年味。

　　在个性化越来越强烈的今天，标准化的年显然不能满足大众的需求和口味，怎样让自己的年，隆重而不铺张，新颖而不失本真，也许每个人都可以找寻一下适合自己的别样的过年方式。

牛听得懂人话

到了春耕时节，刚从外乡搬来的黑娃家，没有牛耕地，急得直跺脚。爹就让我牵着我家的牛，借给他家耕一天地。

黑娃的爹，欢天喜地给牛套上犁，去耕地。我和黑娃也跟着到了地头，一边玩耍，一边看他爹牵牛耕地。除了玩耍，我还藏着一个小九九：我怕黑娃爹犁太多的地，把我家的牛累坏了，更怕他抽打它，我会心疼的。

果然不出我所料，刚下地，黑娃爹就遇到了难题，牛不肯拉犁往前走。这可怪了，一头耕牛，你只要给它套上犁，它就知道要耕地了，它就会本能地拉着犁往前跑。怎么到了黑娃家的地里，牛就死活不肯往前拉犁呢？黑娃爹着急地在牛屁股后面喊："走，走，往前走！"牛不听他的。牛当然不听他的话，你说"走"，它也不懂啊。我爹只要喊一声"驾"，牛就心甘情愿地往前走了。我告诉黑娃爹，不能喊"走"，得喊"驾"。黑娃爹说他喊的就是"驾"啊。我明白了，黑娃爹是外乡人，也许他们那儿"走"就是"驾"，他们那儿的牛，也是听得懂"走"的。但现在这头牛是我家的，无论是我爹牵着它，还是村里别的男人借它去耕地，都是喊"驾"的，它只听得懂我爹和村里人的话。没办法，我只好跟在黑娃爹的后面，大喊一声"驾"，牛就拖着犁，往前走了。

如果是四十年前，你正好路过我们村，你就能看到这搞笑的一幕：一头牛，一个大人，还有一个小孩儿，共同犁地。牛走到了地的尽头，我就喊一声"喔"，让它往左拐，或者喊一声"撇"，让它往右拐。遇到大的土疙瘩，或者黑娃爹将犁插得太深了，牛拉不动，需要人帮帮忙，我就喊一声"吁——"，声音要拖得长，像牛的尾巴一样，牛就明白，是要它停下来，不要使蛮力往前拉。有时候，想让牛往后倒一倒，像倒车一样，也是喊"吁"，只是这个"吁"，要连着喊，而且要短促，牛就心领神会，将蹄子往后挪挪。

牛聪明着呢，它听得懂主人的所有指令。你牵着牛，过一条沟，你想让牛跨过去，或者路上有个农具，或一堆刚收上来的谷物什么的，你想告诉牛，别踩着了，你就告诉它"翘"。它就明白了，大步地跨过去，既不会掉到沟里，也保证不会踩坏了农具或谷物。后来念书了，发现"翘"这个字，笔画真复杂啊，经常写错，牛竟然能理解这么复杂的"翘"字，它要是读书识字，指不定比我们全村的孩子都厉害。

牛犁到一半地的时候，我看见它喘着粗气，宽大的嘴角边全是白沫，我就知道它累了，也渴了。我赶紧喊一声"稍"，牛就停住了，还扭头看了看我，泪眼汪汪。我心疼得不行，让黑娃爹将套在牛脖子上的鞍卸下，我牵着它去边上的池塘，让它喝饱了水，又让它卧在地头，歇息一会儿。我相信，天下所有的老牛，都最喜欢"稍"这个字音了，因为一旦听到"稍"这个音，它就知道，可以歇息一下了。长大之后，我从字典里查到这字的意思，正是休息的姿势，但是，它还有一层意思，表示略微。对一头牛来说，它的辛劳的一辈子，只有一次次短暂的"稍"，接着继续卖力地耕地，永无止境，就跟我们人的一生一样。

我牵着牛回家的时候，已是黄昏。我没有骑它，我知道这一天，它太累了。平常放牛的时候，我都是骑在牛背上的。个头大的孩子，能抬腿跨上牛背，我做不到。我都是从牛头骑上去的。双手搂住牛角，喊一声"低"，它就会低下头，让我双脚跨上它的额头，然后，一抬头，就将我稳稳地送到半空，顺势就骑到了它的背上。它听得懂"低"的意思，但是，不是任何一个人，让它"低"它就会低下头的。我家邻居小狗子，任凭他怎么呵斥，声嘶力竭地喊"低"，它也绝对不肯低下头，让他骑上它的背。我家的牛，与小狗子家的牛干过架，小狗子用柳条，狠狠地抽过我家的牛，它一定是记住了。后来，我不用喊"低"，只要我走到牛头前，双手搭在它的角上，它就会低下头。一头牛，是懂得恨也懂得爱的。

我家的牛，就很听我奶奶的话。耕地前一晚，奶奶都会半夜就起来，给牛喂草。本来，你给它一捆草，它就自己吃了，并不需要喂，它既不娇气，也从不挑剔。但是，农忙时节，一头牛要耕太多的地，就需要给它多一些营养，在草里要加一些谷物。奶奶用草包起谷物，塞到它的嘴巴里，它慢慢地咀嚼。喂牛的时候，奶奶还会跟它讲话，告诉它，要耕很多很多的地，它要辛苦了，诸如此类。牛能听得懂奶奶的这些话吗？我觉得它可能听不懂，但它一定体会到了奶奶对它的善意，在耕地时，它就不会怠工，也不会撒脾气。有的人在耕地的时候，牛稍不听话，或者耍起了牛脾气，就用鞭子抽打牛。我爹从不会鞭打它，一头牛，帮你耕了一年又一年的地，你怎么忍心抽打它呢？

只有到了冬天，农闲了，牛也才能跟他的主人一样，享受难得的闲暇时光。它脖子上因为长久磨砺的疤掉了，长出一层新肉。牛的身上，到处都是皮糙肉厚，唯此一块，总是一层又一层，被磨破，长出厚厚的茧子，掉了，再长出新的一层，像村里所有男人肩膀上的那块肉一样。它们躺在暖暖的阳光下，不停地反刍，这是它们歇息下来之后，总是在做的一件事情，仿佛在回味着田间地头，那辛劳而又充满希望的一个个苦日子。

现在，你在农村也难得见到一头耕牛了。有一年，我到贵州一个叫七孔桥的景区游玩，竟然意外地看见了一个农人，牵着一头牛，在桥上来回走着。桥的这头，很多游人在拍照，原来，他和那头牛，都只是一个道具。农人牵着牛离开的时候，我听到了一声熟悉的"驾"，那一刻，我竟莫名地泪流满面。

大花脸

　　自动感应的雨刮器像疯了一样，来回刮动，雨倾盆而下，怎么刮也刮不干净。

　　她小心翼翼地停好车，望着几十米外的楼房，那儿是她的家，却回不了。她记得车上是有把伞的，但找不到了，也许是上一场雨时，自己用过的，忘了放回车上。有一个多月没有下雨了，空气燥得能烧着，忽然就下了这场雨，天空将它积攒了一个多月的雨水，哗啦啦全倒下来了。

　　找不到伞，也得回家，女儿今天一个人在家里呢。她刚刚打电话问了丈夫，他被雨堵在了地铁站，也回不了家。她盘算着，如果这样冒雨跑回家，肯定瞬间淋成落汤鸡。她已经等了快一分钟，雨一点儿也没有小下来的意思。不能再犹豫了，就算是下刀子，也必须赶紧回家，女儿一个人在家里，多一秒钟，她都不能安心。她拉开车门，做好了姿势，准备双脚一跨出车门，就以百米冲刺的速度，奔向楼梯口，跑回家。

她打开了车门，左腿刚落地，忽然，一把伞，伸到了她的头顶上。

是女儿！

只有七岁的女儿，吃力地撑着伞，站在她的车门前。没有风，但女儿撑着的伞，还是摇摇晃晃的，太多的雨水打在伞上，女儿支撑不住。"妈妈，妈妈，伞！"

她赶紧一手接过女儿手上的伞，另一只手一把抱起女儿，女儿的鞋和裤脚，都已经被雨水淋湿了。

她抱着女儿，一路小跑着，走到了楼梯口。

放下女儿，收起伞。她蹲下身，将女儿脸上的雨水，抹干净。她这才想起来问女儿："下这么大雨，你怎么自己跑出来了？你看看你身上，都淋湿了。"她心疼地抹了抹女儿的头发，也有点儿湿了。

女儿说："我给你送伞呀。我趴在窗户上，看见你的车了，我……我就下来，给你送伞了。"

她看着女儿，小小的脸，红扑扑的。她没想到，女儿会冒着这么大的雨，送伞下来，女儿是真的有点儿懂事了。

她牵着女儿的手，上楼，要赶紧给女儿换衣服，擦干身上的雨水。

回到家，给女儿换好了衣服，吹干了头发，她准备去将丢在门外的雨伞，拿到阳台上撑开、晾干。拿起伞，她愣怔了一下，伞面花花绿绿的，成了大花脸。这不是一把普通的雨伞，严格地说，它就不是一把雨伞，而是一把油纸伞，一把工艺伞。这是上个月，她带女儿去一家儿童康复机构治疗时购买的，她和女儿一起用画笔在伞面上画画，女儿画了一大片草地，还有各种各样的小花，五颜六色。女儿有轻微的自闭症，医生说，绘画有助于打开孩子的心扉。女儿特别喜欢这把油纸伞，那天画得很认真，回来后，就老是盼着下雨，想打着这把自己画的伞，与爸爸妈妈一起，在小区里散步。她告诉过女儿，家里有好几把雨伞呢，而这把不是雨伞，是她的作品，不要用它挡雨，而要将它珍藏起来。女儿不懂什么叫作品，她就盼着下雨，打着这把伞。那之后，偏偏一直没有下过雨，女儿似乎也慢慢忘记了这件事。前几天，她将这把伞，收藏在了书橱的上层，这样，女儿就够不着它了。

她问女儿："你是怎么拿到这把伞的？"

女儿说："我站在凳子上拿的。"果然，书橱边上，放了一张凳子。她想想后怕，这要是摔下来，可怎么得了？

她又问女儿："家门口的鞋柜里，不是有好几把雨伞吗？你要打伞的话，可以拿那里面的伞啊。"

女儿说："我就想打这把伞，去接你。"

她看了看手里大花脸一样的伞，摸摸女儿的脸，她不想责怪女儿，她怎么忍心责怪女儿？！她用餐巾纸，将伞面上的水渍擦干，这一擦，伞面变得更花了。

女儿看着她，看着伞，忽然咯咯笑了，它成大花脸猫了。

很久没有听到女儿这么清脆的笑声了。她也笑了。问女儿：

"你还记得那天我们一起在伞上画画吗？"

女儿点点头。她说："星期天，我们一起再去画，好不好？"

女儿用力点点头，忽然说："妈妈，我们还画伞好吗？"

"好啊。"她说。

"妈妈，我听你的话，下次画的伞，下雨天我就不打它了，不然，它也会跟这把伞一样，变成大花脸的。"

"不不，"她说，"宝贝，你喜欢的话，下雨天就打这把伞。你看看，它虽然是大花脸了，可是，它多开心啊。它喜欢你，才这么开心的呢！"

她的眼里湿湿的，心里暖暖的。大花脸有什么关系，大花脸才开心呢。

我想摸摸你

妹妹的小孙子，快两岁了，长得胖嘟嘟的，粉嘟嘟的，嫩嘟嘟的，每次看到他，我都忍不住，想摸摸他的脸。那张小脸啊，总是红扑扑的，像气球吹到了一半，厚薄恰好，弹性恰好，红白恰好，吹弹可破。

他不让你吹弹，捏他更不行，但你面目慈善，又跟他混得熟，摸一摸是可以的。小男孩儿，不怕你摸一摸，也不在乎多你这一摸，摸他脸蛋儿的人，多了去。恼人的是，走在大街上，陌生的人也想摸摸，有的胡子拉碴的人，甚至拿胡子去扎他，这就过分了。害得我这个从不拿胡子扎他的舅爷爷，也跟着遭嫌弃，想凑近点儿跟他讲话，他都要警觉地躲远。

看见美好的东西，我们总是有一种冲动，摸一摸。

朋友的茶室里，种着一盆粉掌，每到开花季，亭亭尺许，心形的花瓣，粉嫩欲滴，初次见到的人，都忍不住凑近了，用鼻子嗅一嗅，用手摸一摸，不相信地问一句："这是假的吧？"我也摸过它，我明知它是真花，真得像假的一样的花。我正是因为它是真花，才遏制不住地想摸摸它。我的指腹轻轻地触碰它，从花心抚到花尖，它丝滑般地颤抖了一下，像蜻蜓点过的水面，又若微风从旗帜上拂过。朋友每每劝阻，它是有毒的。朋友一定心疼他的花，总是被人以抚摸的名义，一次次蹂躏吧。我知道它的轻微的毒性，只来自茎叶里的汁液，如果你不折损它，它的毒并不能侵害你。我也知道，红掌的花，本无毒，却又是最厉害的毒，它的毒源自你对它的热爱和好奇，你忍不住去抚摸它，不惜拂了主人的面子，就是它的毒性，在你的心里又一次即兴发作了。

类似红掌一样的真花，让人不免有摸一摸的冲动，其实假花也一样。我家附近的小吃店里，每张桌子上都摆着一枝花，等待面条或馄饨的人大多会忍不住摸一摸，确认是假花，未免有点儿失望。而我好奇的是，在小吃店这样烟火气浓郁的环境里，一朵假花，是怎么做到不油腻、不世俗、不萎靡的？老板娘给客人端上了热腾腾的阳春面，她身上的干净和端庄，她眉宇间的清秀和吟吟笑意，给了我答案。小本生意的人，做不到像隔壁的连锁咖啡店那样，每天换一枝玫瑰或郁金香，她的假花，一样让人养眼，心生怜意。

我们单位边上，有一个小小的街心公园，公园一隅，有一组青铜雕塑，是一老一少在下象棋。那孩子，五六岁，看样子，是刚被爷爷吃了车，或者将了军，正瞪大眼睛盯着棋盘，鼻尖上冒着汗，右手拿着一粒棋子，踌躇着下到哪里。第一次路过的人，都会停下脚步，看一眼这盘棋局，忍俊不禁，摸摸孩子的头。本来就是小光头，被人反复摩挲，小光头变得锃亮，泛着金色的铜光，成为暗褐色的雕塑中最显眼的部分。再次路过的人，远远就看到了贼亮的可爱的小光头，忍不住也摸摸它，使它变得更光更亮。当然，如果你细看，这组雕塑还有一个微小的亮点，是小孩子的鼻尖，也是亮光光的，显然也是被人反复抚摸而成。那是与它差不多大的孩子，他们蹲下身来看，看到了小伙伴的鼻尖上冒着汗，就好心地帮它擦一擦，顺带着好奇地摸一摸又捏一捏，遂有光亮的鼻尖。

我看一本新书，总是先轻拂书封，手指在油墨香上掠过，再轻轻地打开，满怀欣喜地进入它的世界。妻子新买了衣服，或者看到闺密的新裙子，也是用手掌轻轻地拂掠一遍，她用手指代表全身的肌肤，先领略一下它的质感，想象着那种丝滑般的包裹所带来的身心的愉悦。我们都一样，让手指的抚摸和引领，将我们带入一个美好的境界。

所有美好的东西，我都忍不住想摸摸，有时候用手，有时候，则是用我们的心。

小区里的蛙鸣

在小区散步时，忽然听到一声蛙鸣。那感觉就像突然听到一个人，用乡音呼唤你的乳名。

不敢相信。侧耳，静待。果然，又传来三声，"呱，呱呱"，仿佛号角，紧接着左边的水池里，右边的草丛里，前面的小竹林里，身后的花坛里，陆陆续续响起蛙鸣声，"呱呱，呱，呱呱"，此起彼伏。

真是太意外了，我们的小区里，竟然住进了新邻居——青蛙或者蛤蟆。小时候住在乡下，家的前面就是稻田，屋后还有一个水塘，这都是青蛙的家。青蛙也就成了我们最熟悉的邻居，它们的叫声，是我们听得最多的乡音。傍晚和清晨，是一天之中，青蛙最喜欢叫唤的时刻，仿佛黑夜的来临，或者新一天的开始，都是值得为之吟唱的，它们唱的又是民歌民调，乡下的孩子都听得懂，也喜欢。能在城里听到它们的声音，让我意外而惊喜。

我们这个小区不大，六幢楼，东西南北，形成一个合围，中间是一块空地。刚交付的时候，中间是有一个小型游泳池的，但只开放了一个夏天，因为水质的问题，被关闭了。出于安全考虑，物业将泳池里的水都放干了，但是，老天爷肯帮忙，隔三岔五下一场雨，泳池里就积了一点儿水。天上来的雨水，也不多，刚没了脚背，也就没人去处理，泳池慢慢就成了一个浅浅的小水池。我想，青蛙一定是嗅到了水的味道，才投奔到我们小区的。它们一辈子离不开水，热爱水，在乡下，有水的地方，就是青蛙的家。

　　但它们是怎么来的呢？我们这个小区，离周边最近的庄稼地或池塘，也有三四公里远，要穿过几条街道，无数幢高楼。道路之上，又总是车水马龙，一只青蛙，或者青蛙的一家，要从某块地或水塘里，迁徙到我们小区，简直是不可能完成的事情。也有小区的居民猜测，可能是哪家的孩子，在野外捉了几只小蝌蚪，回来之后，投放进了泳池，这些小蝌蚪，幸运地长大，变成了青蛙。不管它们是怎么来到我们小区的，对城里的这个家，看来还是满意的，不然，它们怎么有兴趣一声接一声，一遍又一遍，一夜连一夜地放声吟唱？

　　对这些域外来客，小区里的孩子，显然更惊喜，他们围着泳池，找寻它们，还真被他们找到了一只，正鼓着白白的腮帮子，在那儿独唱，陶醉着呢。也许是被孩子们的尖叫声吓着了，也可能是觉得害羞了，青蛙跳到了泳池中央，孩子的小胳膊往前探啊探啊，够不着，只好作罢。有的孩子，听到了草丛里也有呱呱声，便循着声，往草丛深处走去，孩子轻微的脚步声，通过草叶，传给了青蛙，青蛙赶紧伏在草丛中，暂时停止了鸣叫。草丛里没声音了，花坛和小竹林里的蛙声，反而叫得更欢了，它们像是对山歌呢，对面怎么突然没回音了？那怎么行，"呱呱，呱呱"，快点儿来接下一句。我们只听到了青蛙叫，以为是一样的，那是因为你不是青蛙，不懂青蛙家族的语言，它们的每一声"呱"，都是不一样的"呱"。

也有人嫌烦的，吵什么，烦死了！狠狠地跺跺脚，"咚，咚咚！"真管用，青蛙们都被震住了，全体噤声。跺脚的人得意地瞄一眼身边的人。可是，刚转身，草丛中，花坛里，竹林深处，又传来呱呱之声。再跺脚，"咚咚，咚咚！"蛙的大合唱又停止了。但不出三秒，蛙们又齐声歌唱。于是，"咚，咚咚！""呱呱，呱，呱呱——"两个声音，往复循环，愤怒的跺脚声，就像节拍一样，在一场蛙鸣与另一场蛙鸣之间穿插。终于，嫌烦的人气急败坏，也不跺脚了，回家躲清静去。没有了咚咚的跺脚声，忽然觉着呱呱的蛙鸣之声，似乎少了一点儿节奏感，不知道蛙们是不是也有这样的感觉。

忽然想起曾经听过一个故事，说是考试之前，母亲担心屋前池塘里的蛙鸣声惊扰到儿子的复习，便每天晚上，都拿着根长竹竿，到池塘边赶青蛙。可怜的母亲，夏日的乡村之夜，都是被蛙声重重包围的，一根竹竿如何能赶尽？再说，一个在农村长大的孩子，怎么会觉得蛙声是吵人、恼人的呢？

我一点儿也不会觉得蛙声吵闹，诸如公鸡喔喔打鸣，母鸡咯咯下蛋，树上的蝉没完没了地叫，以及明月之夜，狗对着月亮汪汪地狂吠……这些都是伴随我长大的乡音，它们让我的心变得安静。就像今夜，我躺在二楼的家中，听着这久违的呱呱乡音，我知道，这将是我在城里生活了几十年来，难得的一个宁静之夜。

幸福的一天

我被这个问题问愣住了：在过往的生活中，你感觉最幸福的一天，是哪一天？

我努力地回想。在我五十多年的生命中，有很多幸福的时刻，比如，拿到大学通知书的那一刻，结婚的那一天，儿子出生的时刻……它们都是我人生中一个个高光时刻，但哪一天是最幸福的，一时还真难定。

年轻的时候，我有写日记的习惯，前后写了十多年，至今还保留了几本。很多岁月已经模糊了，但翻开日记本，那些尘封的日子，仿佛又复活了，循着日记的踪迹，我能回忆出当年的一幕幕。

在一个周日的午后，屋外下着细雨，我走进书房，拿出了其中的一本日记。那是一本1994年的日记。那一年，我二十八岁，正青春。

我随手翻开了一页：四月十一日。

日记里写着，这一天，本应是带儿子去打疫苗的，但因为儿子前几天又感冒了，还有点儿发烧，不能打疫苗。日记不长，可能是忙于照顾生病的小儿，无暇记下更多。那时候，我与妻子还两地分居，产假结束后，她不得不回到长江北岸的小城去上班，每天早出晚归，妻子很辛苦，我也很累，母亲在帮我们带孩子。儿子在出生后的半年内，连续住了几次医院，这么小的孩子，吃了多少苦啊，我和妻子为此心疼，心焦，心碎。儿子的出生，给我们这个小家带来了很多快乐，但因为老是生病，也给我们带来了很多痛苦和挣扎。那段日子，过得很凌乱。

我又翻开了一天：六月二十二日。

这天的日记，比较长，看得出心情不错。似乎心情特别好或者特别差的时候，日记就都会写得长一点儿。日记里写道："上午去一家单位采访，宣传科的人告诉我，他们领导对我上一次写的报道很满意，在全体大会上点名表扬了我。"这家单位，只是我负责采访的片线之一，我为他们写的新闻报道并不多，没想到，竟得到了领导的赏识。我翻看这篇日记时，忍不住哑然而笑，多年以后，我已经完全不记得这件事了，甚至无法想象，别的单位领导的一句表扬，竟然会让那时候的我如此激动，以至在日记里详详细细地记录了下来。

日记里还写道："下午奶奶来了。"那一年，奶奶已经快八十岁了，和父母一起住在老家，偶尔来与我同城的姑姑家小住，也会来看看我。我从小是在奶奶身边长大的，与她的感情很深，奶奶的到来，让我很开心。我在日记里写道："在我的坚持下，奶奶同意在我家住一晚，我跟领导请了假，提前下班回家，亲手给奶奶做她喜欢吃的炖排骨，奶奶已经没什么牙了，为了让奶奶能吃得动，排骨我整整炖了两个小时。"日记的最后写道："看着奶奶用几乎瘪了的嘴巴，一口一口地吃着我特地为她炖的排骨，就像回到了小时候的辰光。"

那是快乐的一天，在我的日记里。

我继续往后翻看：九月二十五日。

这一天的日记，是第二天补写的。那天是星期天，因为中秋节上班，没能回家，所以，在其后的这个星期天，我和妻子带着孩子，一起回了趟江北的老家，去看望我的父母。

我所在的城市与我的老家只有一江之隔，直线距离仅三四十公里，但那时候，交通却极其不方便，我们是先乘公交车到江边，再坐轮渡过江，然后花一个多小时，搭乘一种发出突突突声音的小四轮车，才能到家。父母并不知道我们回来，那时候农村还不通电话，更没有手机。我们在村头的庄稼地里，看到了正在地里干农活儿的父母。看到我们，父母放下了手中的农活儿，父亲一把抱过了他的孙子，高高地举过头顶，吓得孩子哇哇大哭。

我在日记里记下了那天晚上，我与父亲对饮，竟然喝高了。有了孩子后，我就很少饮酒，从日记里可以看出，那天父亲的心情不错，我的心情也不错。还不会走路的孩子，在铺在地上的凉席上四处爬动，他已经熟悉了这个环境，咯咯地笑，小心情也很不错吧。

那也是快乐的一天。

周日，午后，窗外绵绵的细雨，已经下了大半天。我一个人躲在书房里，翻看着二十多年前的一本日记。旧日子仿佛复活了，又犹如是我重新经历了一遍。

那一年，我二十八岁，正青春，算得上一个人一生中最美好的时光，如果一定要找一个幸福的日子，我想，在那段时光中，也许能够更容易地找到。

我找到了很多快乐的日子，但是，它们显然又不足以成为最幸福的一天；我也看到了很多无奈、苦闷、烦躁，甚或悲伤的日子，但那些无奈和苦闷，在今天看来，很多又是如此鸡毛蒜皮、不值一提，它们早就烟消云散了。

没错，我回头看到的1994年的每一天，其实与今天一样，都只是我生命中的一个个片段，都是再普通不过的一天。但我在翻看它们的时候，又真真切切地感受到，每一天，又都是无比幸福的。因为那一年，我最敬爱的奶奶还健在，我的父亲还活着，我还能喊他一声爸；我的孩子开始牙牙学语，我每天都能够抱他入怀，伴他成长；我的头上，还没有一根白发，我的妻子，正灿烂如花；我还没有压力如山的房贷……如果能够穿越，我愿意回到其中的任意一天，只因为，我经历过的与正在经历的每一天，都将永不复重来。

心中有张桌子

我小时候最大的愿望，是有张桌子，可以趴在上面写字、做作业。

我们家没有桌子吗？有。四方桌，摆在堂屋（农村人的客厅）。只有这一张。这是一个农村人家的脸面，家里再穷，四方桌得有一张。遇到村里哪家办红白事，帮忙的男人就会挨家挨户去借桌子，差不多全村的四方桌，都搬来了。个别没搬来的，是那种不结实或不好看的桌子，这家人的脸，就有点儿没地方搁。摆在首席位置的，一定是队长家的四方桌，不是因为他是队长，而是因为他们家的桌子是全村最厚实最周正的四方桌，往办事人家堂屋的中间一摆，压得住台面。

我们家的四方桌，比我还大一岁，是我父母结婚的时候爷爷给置办的。照理，一张四方桌是可以传代的，但我们家的这张四方桌，可能是木匠制作它的时候，木料没有干透，或者刷桐油时，师傅偷工减料了，总之我还没有出生，桌面就裂开了缝，抹桌子时，饭粒就掉进去了，卡在那儿。等我出生了，长到两三岁，这些裂缝，以及裂缝里的饭粒、碎骨头什么的，就成了我的玩具。我喜欢趴在桌子边，用树枝往缝隙里戳、抠、扒、掏，试图将藏在里面的东西挖出来。这成了我童年最大的乐趣，这也是我经常挨打的原因，我爸爸觉得桌缝本来已经填平了，被我这么一抠，又露了怯，别人家办事来借桌子，面子上就不大好看。我偏要抠，我抠的是塞在缝里的东西，又不是我把桌子抠出了缝，再说，我不抠桌缝的话，就得跟村里的小黑他们一样，去玩泥巴，这有什么区别？

有一次，我竟然从桌缝里，抠出了一个二分钱的硬币，这可不得了，这是一笔大钱，过年大人给我的压岁钱，也只有五分钱。你得等上一年，才能拿到下一个五分钱，而我竟然在两个年之间的某一天，意外地挖到了二分钱。自此，桌缝就像个金矿一样，诱惑着我。可惜，这样的好事，再也没有发生过。

我上学之后，这张桌子，就成了我放学回家后看书、做作业的地方。我喜欢将所有的书本都摊开来，摆满桌子，而不必像在乡村小学的水泥桌子上那样，胳膊挨着胳膊，屁股挤着屁股，蜷手蜷脚地写字。可是，很快我就发现，在家里的四方桌上做作业，也不能随心所欲。到了晚上，奶奶也喜欢把针头线脑的，铺满桌子，做针线活儿。比我小两岁的大妹妹，还有比我小四岁的小妹妹，不知道从什么时候开始，也迷上了挖桌缝。她们不是将桌缝里的脏东西，挑到了我干净的书本上，就是嫌我的书包碍事，划拉到一边。最讨厌的还是爷爷和爸爸，一人坐在四方桌的一边，边抽土烟边闲聊，烟的臭味，混合着他们的干咳声和说话声，以四方桌为中心，弥散开来。他们就不能到别的地方抽烟、说话、做手工、玩泥巴去吗？还真不能，我们家只有这一张桌子，最关键的是，到了晚上，我们家只点一盏煤油灯。这盏灯，像个爷一样，端坐在四方桌的中央，如豆的亮光，照到四方桌的边缘，就开始模糊了，与夜的黑混在一起，也就是说，离开了四方桌，你就成了黑夜的一团黑。谁也不愿成为一团黑。村里其他人家跟我们家一样，一到晚上，一家人就聚在四方桌旁，围着那一豆的亮光，各自做着他们自己的事情。

我一直梦想着有一张属于自己的桌子，摆在我自己的房间里。那样，我就可以在自己的房间里，在自己的桌子上，看书、写作业了。最重要的是，我可以写日记了，想写什么，就写什么。没有人在边上，跟昏暗的煤油灯一样，总是好奇地铺满我的日记本，即使它的光一点儿也不亮，比外面的月光并不亮多少，甚至不比夏天十只萤火虫的光更亮，但仍足以窥探到我的秘密。我不希望任何一个人看到我的秘密，它可是一个乡村少年心中唯一的亮光。

父亲那时候已经是生产队的队长，他比我见过的任何一个当队长的人都忙，没时间帮我打一张桌子，再说，家里也没有多余的木料和钱去请一个木匠来。爷爷肯帮我。爷爷一辈子只干过农活儿，他不会做桌子，没关系，至少他能在我用钉子将木板固定在一起的时候，帮我扶住那些不老实的木板。木板是我从自己的床上拆下来的，桌腿是砖头垒起来的。一张你能见到的最简陋的桌子，就这样完成了。我用三分钱买来了一张白纸，铺在上面，它便比我见过的任何一张桌子都干净而光彩了。这张桌子陪伴了我五年——三年初中，两年高中。我在高中时发表的第一首诗歌，就是在这张桌子上，在煤油灯下，写成的。

父亲一直很奇怪我是从哪儿弄来做桌子的木板的。我没告诉他。因为床少了两块木板，床板和床板的间隙，变得很大，很多个夜晚，我是陷在两块床板之间的凹槽里入睡的。一个乡村少年的梦，就是这样漏下去的，桌面上和床底下，游荡的都是他的同样的梦想。

多年以后，当我第一次参加工作，单位分给我的宿舍里，除了一张床，竟然还有一张桌子，一张正儿八经的书桌。那是我这辈子拥有过的第一张像样的桌子，它让我对工作和生活都充满了感激。

我的孩子一出生，就有了自己的房间，从他会涂鸦的那天开始，我就给他买了一张桌子，在他上学后，我又给他买了一张书桌。有时候，我和他并排坐在他的书桌旁，聊聊他的学习和生活。也有时候，白天，他去学校了，我一个人在他的书桌旁，小坐一会儿，我不会翻动他的任何东西，那是一个少年的秘密。我只是坐坐，安静地坐一会儿。

没有人能看见，我坐在一张简易的木板桌前，它上面铺的白纸，早已经泛黄。那张桌子，在我的心里，跟小时候的煤油灯一样，像个爷一样端坐，亮着豆子般的光。

蚊子埋伏在家门口

为了对付蚊子，我们家草木皆兵。

阳台装了纱门，窗户都装了纱窗，就连空调洞，也用碎布塞得牢牢的。以为这样可筑成一道防蚊的"长城"，一家老小能安然度夏。

蚊子还是进来了。我们脸上和脚背上的红包，就是证据；夜晚在我的耳边嗡嗡的聒噪声，就是证据；灯光下，一闪而过的小黑影，就是证据。问题是，这个极其不受欢迎的客人，到底是怎么进来的？

查漏洞。纱门、纱窗都是完好的，也做到了进出随时关闭；墙壁是完好的；房顶是完好的；地板是完好的，天衣无缝。可蚊子还是进来了。难道我们家还有一条不为我们自己所知的秘密通道？

那天下班回家，输密码开门时，昏暗的光线下，一条细碎的黑影，忽闪而过。警觉地回头看了看，以为是有人偷窥我的密码，没有人影。以为是幻觉。开门，进家，隐约瞥见，那个小黑影尾随而入。猛然醒悟，是它！

没错，是一只蚊子。趁我开门进屋时，像一个不请自来的客人，大摇大摆地跟了进来。

赶紧去追杀这个小黑影。它早不见了踪影。我们家并不大，我一直觉得很逼仄、憋屈，但对一只蚊子来说，足够宽敞了，到处都是它的藏身地，只待夜晚来临，它就可以逮着我们家的任何一人，不慌不忙地饱餐一顿。可恶，可怕，可恨。

至少我知道它是怎么进来的了。是我们自己，给蚊子打开门，把它们迎了进来。

自从知道蚊子是从我们家大门进来的，我进出时，便多了一丝担忧和警觉。生怕我进了屋，蚊子也进来了；更怕我出去了，却放蚊子进来了。整个白天，我们都在外上班或上学呢，就这么将家白白交给了蚊子，不甘心啊。

从外面进来时，好对付一点儿。开门前，先看看身前身后，头顶脚下，有没有可疑的小黑影或小黑点。如果光线昏暗，或自己老眼昏花，看不大清，那就先用巴掌四处扇扇，巴掌不够大，风力不够，又从门口的鞋柜里找出一双凉拖，噼里啪啦乱舞一通。后来自己嫌凉拖舞起来不得劲，更有脚气扑鼻，遂索性在门口的鞋柜上，备了一只芭蕉扇，下班回到家门口，先立定，拿起芭蕉扇，对着大门呼呼地一通狂扇，去年贴的对联呼啦啦作响，热闹极了。不知道对门邻居，偶尔从猫眼里窥见我的这通操作，会不会惊掉下巴。

难的是出门。从猫眼能看见对门，看见过道里的人，但看不见一只蚊子。我不能确定，会不会有一只或数只蚊子，早已埋伏在我家门口，只待我大门一开，便蜂拥而入，驱之不及。只好在玄关处也放了一把芭蕉扇，先将门打开一条缝，对着门缝一通乱扇，料门口早已风声大作，乱成一团，遂将门缝开得再稍大一点儿，侧身飞快而出，快若闪电，闪如窃贼。料想门口的蚊子，必被我这通睿智的操作弄昏了头，乱了阵。随后我潇洒而出。跟我斗，蚊子，你还欠点儿智商。

但妻子嫌我这套组合拳过于烦冗，她有更好的妙招——用杀虫剂喷杀。门内门外，各准备了一罐杀虫剂。从外面进家前，先对着大门喷杀一遍，白雾弥漫，如诗如画；从家里出门前，也是先将门打开一条缝，从门缝往外喷。果然蚊虫皆遁。唯一的不便是，我们自己也得捂紧口鼻，屏住呼吸，在"枪林弹雨"中，进出自己的家门。好在我家备有大量口罩，用它们当作我们进出家门的防毒面具。

夏天又到了。一定又有很多蚊子，来到了我家门口，以及你家门口。据说蚊子是靠嗅觉找寻到它的猎物的。我们的家，带着我们的体温，弥散着我们浓浓的生活气息，那是我们的港湾，也是蚊子热爱的地方。

亲爱的蚊子，我不会放弃我们的家。这个夏天，我愿继续与你一战。

洗　花

过年前，大人们忙着置办年货，大扫除，小孩子也不闲着，力所能及地帮大人干点儿活儿。我和妹妹最喜欢干的活儿，就是洗花。

花有两束，一束是摆在客厅里香炉旁的，一束是放在父母卧室里的。妹妹拿一束，我拿一束，去池塘洗。

池塘已结冰。遇到暖年，冰薄一点儿，脚轻轻一跺，冰就碎了，水面就露了出来；倘是寒年，冰层厚，脚是跺不开的，从家里拿一把铁镐来，凿一个圆圈，然后，将铁镐头反过来，往圆圈中间重重一敲，一个圆形的洞口就显出来了。

洗花是个细活儿。先一手拿着花的茎，将花整个没进水里，哗哗地抖一抖，花朵和枝叶上的浮尘就没了。乡村里的浮灰多，风贴着地面，呼呼地吹，将地上的灰尘都扬起来了。从门和窗，还有土墙的缝隙，灰尘钻进家里，有的落在灶台上，有的落在粮仓上，有的落在被窝上，还有的，就落在了花上。母亲扫地时，也会扬尘；父亲在院子里打谷物时，谷子的碎屑和尘土，更是四处飘扬；母鸡下了蛋，高兴得咯咯叫，还不忘扑棱几下翅膀，也会扇得家里泥巴地上的灰尘飞起来；就连年迈的爷爷，因为气管炎喘不上气，老是打喷嚏，也会让唾液和灰尘齐飞……总之，灰头土脸的生活里，到处是扬尘，它们一旦落在了花上，就不肯走了，以为找到了最好的归宿。而母亲上一次给花掸尘，还是家里忽然来了一个远房的亲戚，算一算已经半年多了吧，花上早已又一次积满了浮尘。

我的力气比妹妹大，抖几抖，花上的尘土就全没了。哎！你瞅瞅我手上的花，多干净，多鲜艳。可是，妹妹不满意，说："哥，你这哪算洗干净了？你看看花朵上，叶子上，还有很多积垢呢。"我一看，果然，每一朵花上，都或多或少地显出暗色的印迹。妹妹说："你还得一朵一朵给它们洗一洗，这样，它们才能变得干净，也才美丽呢。"

我学着妹妹的样子，将整束花分开，一枝一枝洗，一朵一朵洗，一叶一叶洗。没有抹布，再说，抹布那么油腻，越洗越脏。也没有干净的布头，布头都让妈妈拿去缝补我们的衣裳了，你看看我们身上的衣服，哪一个人，不是一个补丁套一个补丁？那时候，乡下人贫富的最大区别，就是你的补丁是用新布头补的，还是用破得不能再破的旧衣服上拆下来的布头补的，补得是不是密实、整齐、好看。谁舍得用一块布，来洗东西？没有布没关系，我们有手啊。我们的手，是干净的，自然也可以用手将脏的东西洗干净。我就一只手拿着花，另一只手蜷成窝状，舀水，泼在花上，然后，一朵朵，给它抹，给它捏，给它搓，将花上的积垢，一层一层地洗掉。花朵好滑啊，手摸着它的时候，感觉像皮肤一样。每次，爸爸带我到镇里的大澡堂洗澡，也是这样给我将身上全部搓一遍，他的大手，粗糙有力，能将我后背上积攒了一两个月的污垢，搓得干干净净。

洗花的手，很快就冻得通红，像刚从地里拔出来的胡萝卜。奇怪的是，手刚碰到水时的寒冷，这时候反而消失了，手变得火辣辣的，很烫很烫。这是冷到了骨髓呢。但我和妹妹，都不怕冷，或者说，我们宁愿自己冷，也要把花洗干净。妹妹的手，本来就有冻疮，被冰水一泡，更是肿得像红馒头。实在冷得受不了了，她就将双手凑到嘴巴前，吹几口热气，暖暖它们。我心疼妹妹，想帮她洗一枝，她不要，她要自己将花洗干净了，然后，跟妈妈要一枝，插在自己的床头。

我们将两束花都洗干净了。真的干净啊，像新的一样，像鲜花一样。这些塑料花，你闻不到它的香味，但是，你能闻到水的味道和干净的味道，还有家的味道。

我们高兴地将洗干净的花拿回家。妈妈不知道从哪里找到了几个新的瓶子，她将两束花拆开，分均匀，插在不同的瓶子里。妈妈说："这瓶还摆在香炉旁，那瓶还摆在我们的房间。"她又指着剩下的一个瓶子，对妹妹说："这瓶就放在你的床头吧。"过了年就十岁的妹妹，开心地从妈妈的手里接过瓶子和花，冻得红扑扑的脸蛋儿，笑得像那一小束塑料花一样灿烂。

我已经不记得那几束花和我们一起迎接了多少个新年，我和妹妹，也一次次将它们洗干净，让它们一次次焕然一新，显出一朵花应有的光鲜和生机。虽然是塑料的假花，但在那些艰苦的日子里，它们是我们贫寒的家里，为数不多的亮点，照亮了我们的家，也照亮了我们的童年，让我们艰苦的岁月里，多少有了一点儿亮色。每个新年，当妻子捧回一大束鲜花，我都会想起它们，以及那曾经照耀、温暖、激励过我的一个个亮点。

为什么妈妈吃的药不苦了

今天太忙了。回到家，年轻的妈妈一头倒在床上，太困了，牙也不想刷了，脚也不想洗了，就想睡觉，美美地睡上一觉。

丈夫出差去了，儿子大概也早做好了作业，上床睡觉了吧。虽然才晚上十点多，家里出奇地安静。

忽然，房门打开了。十岁的儿子，小心翼翼地端着一只碗，走了进来。"老妈，你睡了吗？"

妈妈打开了床头灯，看见了儿子和他手上捧着的碗。妈妈问："儿子，你咋还没睡觉呢？明天还要早起去上学，赶紧去睡觉吧。妈妈不渴。"妈妈以为，儿子端来的是一碗热水。

"我刚做好作业，还没睡呢，等你回来呢。我听到你的开门声了，然后，就听到你开卧室门，就再没动静了。我就知道，你肯定是忘记吃药了。我就照着爸爸的样子，给你将中药温热了，你趁热喝了吧。"

年轻的妈妈这才想起来，自己太累了，回家后倒头就想睡觉，忘记吃中药了。前几天，胃寒的老毛病又犯了，这副中药，早晚各一次，已经喝了一个多星期，感觉身体好多了。妈妈坐起来，接过儿子手上的碗，碗里的中药，温温的，飘浮着中药独有的气味。前些天，都是丈夫帮她温热好了端给她喝的，丈夫出差前，还一再叮咛，不要忘了喝中药。自己却还是忘了，没想到，儿子记住了，并帮她温好了药。看着瘦瘦弱弱，个子还没有长开的儿子，年轻妈妈的心头，猛然一热。

她端起药，咕咚咕咚喝起来。

儿子问："妈妈，药苦吗？你慢点儿喝。"

妈妈说："不苦不苦。"

"怎么会不苦呢？我闻着都苦，"儿子疑惑地说，"每次爸爸让你喝药，我看见你不都是龇牙咧嘴的吗？会不会是我温的方式不对呀，不会没有药效吧？"

她笑了，说："真是一个傻儿子，哪有中药不苦的？可是，亲爱的儿子，这碗药是你帮妈妈温好的，它就不但不苦了，还有了丝丝的甜味呢。"

她知道，才十岁的儿子，可能还不懂，为什么同样一碗药，是他亲手帮妈妈温的，是他双手端给妈妈喝的，就不但不苦了，反而甜了。

孩子，妈妈没有撒谎，生活中，很多这样的感受，因你而改变。

如果饥饿之中，妈妈手上只有一个馒头，孩子，你吃下了，妈妈饥肠辘辘的肚子，就不会感到饥饿难耐。

如果你生病了，妈妈会比你还痛苦，针扎在你的皮肤上，比扎在她心头还疼。

如果你不开心了，妈妈一定比你还难受，她宁愿所有的苦恼，都落在她的肩头，也不愿意你承受一丝委屈。

而如果你吃得香，比她自己吃什么都香；如果你睡得香，比她自己做什么梦都香；如果你哭了，她的心会流泪；如果你笑了，她比谁都灿烂。

这就是你的妈妈，这就是天下的妈妈。她从不企求回报，只希望你健康，快乐，幸福。

就像你暂时还不大懂得，为什么自己给妈妈温的药，不再苦了，反而甜了。但终有一天，你会长大，你会明白，不是药味变了，而是药里面，加入了你对妈妈的关心，加入了你对妈妈的呵护，加入了你对妈妈的爱。那是生活之中，最甜蜜的元素。

到了那时候，妈妈老了，成了老小孩儿，你成了家庭的主角和顶梁柱，你会像小时候妈妈待你那样：妈妈生病了，你比妈妈还痛苦；妈妈吃不下东西了，你比妈妈还难受；妈妈笑了，你发现妈妈脸上绽放的每一条皱纹，都是通往幸福快乐的快车道；当你喊妈的时候，妈妈还能应承一声，你会发现，那就是这个世界上，最美的回音。

是的，亲爱的孩子，你终究会明白，今天妈妈喝的药，为什么是甜的。你也终究会懂得，去像妈妈那样，拥抱自己的孩子，和自己的父母。

这就是生活，生生不息，我们对彼此的爱，亦生生不息。

认　床

　　与同事出差，半夜，口渴，醒来，听到隔壁床辗转反侧。

　　问："你还没睡？"

　　答："睡不着。"

　　我看看手机，凌晨四点多了，天都快亮了。问他："你不会一夜没睡吧？"他应了一声，无奈地说："我有认床的毛病，换个地方，就睡不着觉。"

　　认床算不算毛病，不知道，但认床的人，换了床，就睡不着，或者睡得不踏实，我倒是听过很多。反正天也快亮了，索性也不睡了，陪他闲聊。

　　我问他："是嫌床单不干净，才睡不着？我住过小酒店，枕头上一股烟味，我也睡不着。不过，我们住的这家酒店，看起来挺干净啊。"他说："不是，再干净的酒店，也睡不着。有一次去一个亲戚家，亲戚知道我睡眠不太好，床单被套全给我换了新的干净的，那一夜，我还是没睡好。这与床是不是干净，没多大关系；与大床还是小床，也没多少关系；与床板是硬的，还是软的，也没什么关系。"

我问他："那为什么睡不着，总得与什么有关系吧？也许是酒店的环境是陌生的，还有点儿吵？"我猜。

他说，他家在路边，过往的车辆很多，晚上即使关着窗户，也吵闹得很，但他却睡得很香，一点儿嘈杂声根本吵不醒他。他说，有一次去游玩，住在一个山沟的度假村中，晚上安静得能听见自己的呼吸，环境这么好，这么静，他也照样睡不着。可见，认床跟环境，也没啥关系。

我心生好奇，问："如果你在自己家，换个房间，换张床，还能不能睡着呢？"

"还真试过，"他说，"有一次，妻子的一个多年未见的大学闺密，从外地来访，两个人有说不完的话，晚上想继续卧谈，我只好到客卧去睡。客卧的床，是搬新家前，我们自己睡过多年的床，床垫也换成了乳胶的，我以为很快能睡着，没想到翻来覆去，就是睡不着。后来发现，可能是枕头矮了点儿，年轻时，我喜欢枕矮枕头，这几年，随着年龄渐长，枕头也是越换越厚。将另一个枕头也垫上，又太高了，更无法入睡。也不知道妻子和闺密有没有睡着，便给妻子发了条信息，想拿一下自己的枕头。不一会儿，妻子还真将我天天睡的枕头送过来了。换了枕头，我竟然很快就睡着了。"

他说，那次的经历，让他以为自己认床，只是认枕头。有段时间，出门或出差，他总是带上自己的枕头。自己的枕头，厚薄、软硬和味道，都是自己熟悉的、习惯的，确实有助于自己入眠。但是，与在家里相比，与天天睡的那张床相比，他的睡眠，总是似睡非睡，似醒非醒，睡得一点儿也不实，不沉，不香。就因为这一点，他特别不愿意出差。

认床，确是一件痛苦的事情。

小孩子往往更容易认床。儿子小的时候，带他走亲戚，白天他与亲戚和邻居家的小伙伴，玩得很欢，天一黑，不行了，嚷着要回家。几十里的山路，哪里回得去？哄他睡觉。抱在怀里，哄着哄着，睡着了。偶尔，还发出一声抽泣，让人心疼。看他睡沉了，将他放在亲戚早就准备好的干净暖和的床上，轻轻盖好被子。大人们继续聊天。聊着聊着，房间里传来哇哇大哭声，是儿子醒了。刚睡没一会儿啊，怎么就醒了？赶紧跑过去，儿子赤脚站在地上，哭着嚷着，还是要回家。一把抱在怀里，用自己的外套给他裹上。躺在我的怀里，儿子又安静了下来，再不肯上床去睡觉。我就这样抱着儿子，又和亲戚们聊了一会儿家常，便带着儿子上床睡觉。儿子见我躺在身边，放心了，但双手紧紧地抱住我的一只胳膊，生怕我跑了似的。对认床的儿子来说，有我躺在他的身边，陌生的床、陌生的房间、陌生的环境，也不再那么可怕了。我的臂弯，就是他最熟悉也是最安全的港湾吧。

我不认床，车站边的简易旅馆的床，我也能睡得安稳。有一年在新疆徒步，借宿在一个牧民家里，床垫上散发着浓烈的牛羊的味道，我照样睡得很沉很香。但是，出了国门，觉往往就睡不踏实。有一年到俄罗斯旅游，睡的床铺都很窄，翻个身就可能滚到床底下。奇怪，俄罗斯人普遍比较高大，为什么宾馆的床铺，会那么窄那么小？同团的人，平时走南闯北，大多不认床，竟然也都睡不好。除了床太小之外，我想，床上的被子和枕头，及空间里所散发出来的若隐若现的香水味，其实才是让我们睡不踏实的一个重要原因。弥散在空气中的，家有家的味道，旅馆有旅馆的味道，外乡有外乡的味道。就算是再舒适的床，没有了家的味道，你也可能认生，认床，不适应，不习惯，不安稳，不踏实。

认床的人，是恋着他自己的床，也是恋着自己的家呢。

第五辑
阳光照到哪儿，就落地生根

太阳出来了，将阳光洒在我的面前；太阳落山了，阳光被收了回去。从我小时候，第一眼看到阳光，太阳就一直跟我做这个游戏。

母亲的口头禅——浪费

母亲崴了脚，经过一段时间的治疗，差不多好了。医生叮嘱，每天晚上睡觉前，最好用热水泡泡脚，养生，促进脚部血液循环。

母亲笑着说："这个你们不用担心，我做得到，以前我就每天都用热水泡脚的。"

我回家看了看，卫生间里是有一个脚盆，只是这个脚盆，又笨重又破旧，塑料的，已经用了很多年，而且，脚盆边上还裂开了一个口子，一不小心的话，很容易伤着脚。得给母亲换个新的泡脚盆。上网店，查找，很多泡脚盆，看中了一个带按摩功能的泡脚盆，实木的，价格有点儿贵，但毫不犹豫下了单。

几天后，收到了泡脚盆，给母亲送过去，顺便教她怎么用。竟然还可以按摩脚底，母亲显得很开心，一边泡着脚，一边问："这个盆得不少钱吧？"我没有跟她说实话，像以往一样，打个对折告诉她。母亲一听，还是不高兴了，嘟囔着说："这么贵啊，太浪费了，我的脚又不是金脚银脚，什么盆泡脚，还不是一样泡？"

我笑笑，不和她争。浪费，这是她的口头禅。你就是再对折个价格，她照样嫌贵，觉得是浪费。

离开家乡的第一个母亲节，我没能回老家，就在网店上买了一束鲜花，让店家送上门。那也是我第一次送花给母亲，我是个有点儿木讷羞于表达的人，说实话，如果让我自己手捧着鲜花，送给母亲，我还真有点儿不好意思呢。这也是母亲这辈子第一次收到鲜花，所以，当快递员敲开门，将一束康乃馨送给母亲的时候，老太太一脸诧异，以为快递员敲错了门。母亲给我打电话，嗔怪我说："浪费！我一个老太太了，送什么花啊。"我说："今天是母亲节，我都不能回家陪你。"母亲应了一声，末了，叮嘱我，今后不准糟蹋钱了，说我还要攒钱买房子呢，压力多大啊。母亲说得对，那时候我刚看中了一套房子，手头紧得很，但再缺钱，也不差一束康乃馨的钱啊。后来妹妹告诉我，那束康乃馨，母亲竟然破天荒地养活了一个多月，枯萎了，也舍不得扔。

在母亲的眼里，我们子女为她买的东西，花的钱，很多都是浪费。

有一次回乡，家里来了一大帮亲朋，母亲准备张罗午饭。怕母亲累了，再说，这么多人，家里也坐不下啊，我就建议，去饭店吃。母亲拗不过，说那就去边上的小饭店炒几个菜吧。那个小饭店，我吃过，味道不好，关键是还不卫生，我就找了附近一家大一点儿的饭店，订了一个大包厢。一大家人，难得聚在一起，其乐融融。饭后，母亲悄悄问我，这顿饭得花不少钱吧。我还是打了个折告诉她，母亲心疼不已，说："我就说在家里我给你们烧嘛，这一顿饭的钱，够我吃一个月了，太浪费了，太浪费了。"她就是这样，宁愿自己吃苦受累，也绝对不愿意我们"浪费"一分钱。

母亲的腰不好，我和妹妹商量后，给她买了个按摩椅。按摩椅装好后，安装调试的师傅让母亲试试，感受一下，老太太坐在按摩椅上，眯缝着眼，一脸惬意。师傅走后，母亲问妹妹按摩椅多少钱。妹妹说了实话，老太太一听，不干了，说："浪费，瞎浪费，你们赶紧给退了。"妹妹哄了她半天，她才算是勉强接受了这个昂贵的家伙。不过，让我欣慰的是，妹妹后来告诉我，每次她回家，几乎都能看到母亲舒适地躺在按摩椅里，在做背部按摩呢。她虽然总是觉得浪费，但我们给她买的任何东西，她都会物尽其用。

在母亲看来，她都这个年龄了，吃饱了，穿暖了，就可以了，其他的，我们为她买的礼物，无论是吃的，穿的，还是用的，一律都是浪费，是不必要花的钱。与"浪费"同时常挂在母亲嘴上的一句话是："你们挣点儿钱，也不容易，就不要浪费在我这个老太太身上了。"

可是，亲爱的老娘，您养育了我们，您为我们操劳一生，我们这区区回报，怎么会是浪费呢？恰恰相反，我们能为父母所做的任何一点，都绝非浪费，也从不多余。

你安静了，世界才安静

话题戛然而止，谈不下去了，大家一时都陷入了沉默，尴尬的沉默。

忽然，不知道谁轻声说了一句"好安静啊"。

是的，太安静了。

这个周末，我们一帮人，约好了来到这个偏僻的小山村。久居闹市，时时刻刻都在喧闹声中，我们被各种噪声淹没了。大家像逃出雾霾一样，逃离各自的城市、各自的小区、各自的家，来到这里。我们围着篝火，喝酒，唱歌，聊天，叙旧，咳嗽，打喷嚏……当某个人说完最后一句话，再无人接茬，世界忽然安静了。

我们听见了，篝火燃烧的声音；我们听见了，火光之外，虫子的声音；我们听见了，虫声之外，微风拂过树叶的声音；我们听见了，自己的鼻息。在我们自己不发出任何声音之后，我听见，山村之夜，如此寂静。

你安静了，世界才安静，你才能听到，那些你平时根本听不到的声音。

小时候，很害怕走夜路。不是因为看不见路，也不是因为乡村的夜晚特别安静，而是因为，在无边的黑夜和同样无边的寂静中，你总能听到一些声音。那声音可能是草丛中的窸窸窣窣，也可能是什么东西掠过黑魆魆的树梢，还可能是黑咕隆咚的水塘中一声沉闷的咕咚声……这些声音，在寂静之中，尤其清晰，近在眼前，让人后脊发凉。

如果是两个人同行，他们一定会大声地说话。说什么不要紧，只是不要停下来。两个夜行的人，能把这辈子的话，都说完。大人说，说话能壮胆。我一直不明白，说话为什么能壮胆，那不是恰恰将自己暴露给了黑暗之中那个恐怖的声音了吗？但我还是学着大人的样子，不停地讲话，大声地讲话，几近声嘶力竭。这时候，我只听见自己的声音，还有身边那个人的声音，别的奇奇怪怪的声音都消失了。

如果你没有同行者，可怜地一个人走在夜色中，你就得像我们村的黑娃一样，一个人扯开嗓门，放声大唱。没有人比黑娃的歌声更怪异也更难听了，但这有什么关系？黑暗不会笑话你，路边地里黑漆漆的庄稼和荒草，不会指责你，你也不会嫌弃你自己。走上三五里的夜路，从这个村走到那个村，你就能将这辈子会唱的歌，都唱一遍。如果你停下来，你就会听见你身后的脚步声里，还藏着一个可怕的声音，一路跟随着你，虽然你明知道，那很可能只是你的鞋子踩着了一粒石子，它在黑暗中滚动的声音。

越热闹的地方，越听不清声音；越寂静的时候，声音越清晰。想让自己听不见那些声音，你就不停地说话，或不停地弄出点儿动静。

奶奶最后一次住进了医院，胃癌晚期。晚上我去镇上的卫生院陪护，她总是不停地跟我说话。卫生院不大，只住着我奶奶一个病人，晚上九点之后，最后一个打点滴的病人，也被家人搀扶回家了。病房里安静极了，整个卫生院安静极了。奶奶就不停地跟我讲话，问这问那。奶奶的声音很虚弱，我就跟她说："你太累了，不讲了，明天再说吧。"奶奶不肯听，就那么一直讲啊，讲啊，直到最后她再也没有力气讲话了，她迷糊着了。妹妹陪护她，也是这样；姑妈陪护她，也是这样。后来还是姑妈告诉我们，奶奶跟她说过，如果不说话，她会听到输液管里滴滴答答的声音，还有肚子里那个瘤滚来滚去的声音。那都是"死神"的声音。奶奶害怕。姑妈说："不要让她多说话，好孩子，你们多跟她说，你们说话了，她就听不见那些声音了。"在奶奶最后的日子里，我们轮流陪护她的人，就一直不停地跟她说话，一直说呀，说呀，这样，她就听不见那些让她恐惧的声音了。

现在，当我一个人侧身躺在床上，我的一只耳朵，能听见房间里蚊子或别的什么虫子在嗡嗡飞的声音，而我的另一只压在枕头芯里的耳朵，总能听见我自己的声音——鼻息或者心跳。我知道，我一旦安静下来，世界也就安静了，我们就互相听得见了。

手是最灵巧的工具

周六，他照例开始搞卫生。结婚之后，将家里的地板弄干净，这是他每周分配到的家务。

不就是将地板拖干净吗，刚开始的时候，他还窃喜，以为捡了个很轻松的活儿。家不大，不到一百平方米，将床、柜子、沙发等家具占据的地面去除掉，暴露在外、需要他清理的地方，顶多四五十平方米，三下五除二，就能搞干净了。真做起来，才发现，并不那么简单。

以前，都是老妈或妻子搞卫生，手拿抹布，蹲在地上，一寸寸抹。他不愿意这么干，觉得太慢了。他得用工具。工具是有的，拖把。外面买的拖把，拖把头小，效率不行，他就亲自做一个，将旧衣服，撕成一条条，扎成粗大的一捆，呼呼一拖，一片地板就干净了。

但问题也是有的。厨房的地，很油腻，你拖过了厨房，再拖别的地方，就将别的地，也弄成油腻腻的了。而且，你不能一个拖把，既拖厨房，又拖卫生间。还有客厅和餐厅呢？拖把不能混啊，得分开。这也不难，多做几个拖把，拖客厅、餐厅的，只拖客、餐厅，拖卫生间的，只拖卫生间，各司其职。于是，家里，光拖把就有三四个。

还有一个问题，三个房间是木地板，用拖把拖，湿漉漉的，也不行。网上一找，工具也是有的，有一种拧水拖把，可以将拖把上的水，轻松地拧干，而且，还不弄脏手。于是，买了一个拧水拖把，专拖几个房间的木地板。

自从负责家里拖地的任务后，他对拖把特别留意，简直成了"拖把控"。一次和妻子逛超市，看到营业员在展示一种可旋转脱水的拖把，他站在边上饶有兴致地观看，发现这玩意儿好啊，既可洗拖把，又能拧干水，拖起地来还干净。赶紧买了一个。还有一次出差，在外地看到有人在推销一种曲柄的拖把，上面带着一个摇杆，既可以轻松地旋转，还能将地上的碎屑一拖干净。真是个好东西，又毫不犹豫买了一个。妻子发现，为了拖个地，家里多出了各式各样的拖把。他嘿嘿一笑，这是工具的力量，人嘛，就得学会利用工具。后来，嫌拖把拖不干净，而且老土，他又更新换代，买了吸尘器，又买了洗地机，甚至还在网上买了个扫地机器人。

有了这么多拖地、扫地、洗地、吸尘的工具，他以为可以彻底地解放自己了，让机器和工具们去替自己干吧。可是，所有这些工具，都有一个毛病，那就是边边角角，它们无法清洗，地上偶有积垢，它们也没办法，一晃而过，污迹犹在。只能用最原始的办法，手拿抹布，蹲下身来，将它们擦干净。特别是墙角、沙发下面，陈年的积垢，只有用手去擦，才能彻底地擦干净。他惊讶地发现，手比任何一个拖把、任何一个吸尘器、任何一个洗地机，都更有效，更灵活，更彻底，更方便。

这个周末，他将再一次用自己的双手，亲自去将家的每一个角落，一寸一寸地抹得干干净净。

妻子负责洗衣服。他曾经觉得不公，家里有洗衣机，将衣服塞进去，倒入洗衣液，启动，洗衣机就将衣服洗干净了。她的活儿，也太轻松了。妻子笑笑，指了指他衬衫上的一处油渍，说："你觉得洗衣机能将它洗干净吗？"他想了想，摇摇头。他还是单身汉时，衣服都是直接塞进洗衣机里洗的。那时候，白衬衫穿了一季，往往就不能穿了，领子和袖口，变成了黄色，难看得很。结婚之后，自己的白衬衫，永远是白白的，干干净净的。妻子说："你看看我是怎么洗衣服的吧。"说着，将他们昨天换下来的衣服，放进脸盆里，先给领子、袖子，或者衣服上的油渍、污点，打上肥皂，用手搓，来回地搓，反复地搓，用力地搓，直到搓干净了，才放进洗衣机，再倒入洗衣液，启动。

他心疼地握住了妻子的手。和自己的手一样，妻子的手，也是工具呢。我们的双手，原来是最灵巧、最经济、最实用、最方便、最有效的工具。

雨树下

下雨了，地面很快就湿了，但雨在地上，还留了一个又一个干的圈，那是树的下面。树有多大，枝叶有多茂密，那个圈就有多大。如果一排有三棵树，另一排有两棵树，地面上的圈，就是个奥运五环。城市人行道上的树，是一排排的，一个圈又一个圈，连在一起，通往远方。倘若这些树都是大树的话，你从这条街走到另一条街，都不用打伞。

这是刚下雨的时候，如果这场雨，已经下了一会儿，树伞就不管用了，反而会比树外面更快地淋湿你。雨滴落在树叶上，饥渴的树叶，先将自己喝饱了，多余的雨水，它就让它们从自己身上流走。最上面树叶上汇聚的水珠，落在下一层的树叶上，这样一层层汇聚、凝集，水滴就比天上下的雨点大得多，啪嗒一声，落进你的颈脖，透心凉。天上的雨停了，树伞下的雨往往还得再下一会儿。

如果下的是暴雨，倾盆而下，又猛又急，树也会很快湿透，像一个在雨里奔跑的少年，一甩头发，雨珠便呈弧线飞出去。这时候，你在树下，树就一点儿也保护不了你，水珠一点儿也不比雨滴小。如果是毛毛雨，那种润物细无声的细雨，这种雨，看起来若有若无，却往往在你不经意间，让你浑身湿透，但你在树下，却可以不打伞，茂密的树叶，替你都遮挡住了。不过，要是这个毛毛雨已经下了很久的话，树下面的雨，就会像一滴滴大珠子一样，东一个，西一个，砸在你的头发、鼻尖、衣服上，让你吓一跳。

　　在不同的树下面，雨是不一样的。那种阔叶的，像梧桐树、榆树、白叶兰，它们的叶子，又宽又大又厚实，一片叶子，就是一个手掌、一片天空，那么多的叶子，那么多的手掌，一起伸向天空，层层叠叠，将雨接住，树下面的雨自然小很多，温柔很多。你出门没有带伞，一时又找不到别的更好的地方躲没有雷电的雨，那么，在它们下面躲一躲，是个不错的选择。南方的城市，多的是阔叶树，下小雨的时候，你在下面躲一会儿，歇一歇，等雨停了再走，就不用担心淋湿了。针叶树就要差很多，像桧柏、雪松、云杉，它们的叶子细得像针一样，雨落在上面，哧溜就滑下来了，一点儿也挡不住。雨点本来是混乱地飘下来的，被这些细叶子一挡，变得更密集了，雨点顺着叶子，像溜滑竿一样，滑到叶尖，然后凝成一滴更大的雨珠，整齐地落下来，像一串垂直的省略号。倘若雨更大一点儿的话，叶尖上一滴水珠刚落下去，又一滴水珠已经凝聚起来，并紧跟着落下来，看起来就像一串串细线，无数条的细线，就构成了一幅壮观的雨帘画面。

有意思的是橡皮树，它们的叶子像一只窝起来的手掌心，雨水落在上面，它就将它们捧在掌心里，也不知道它是好心地为下面躲雨的人遮雨呢，还是想多接一些雨水，让自己更滋润，总之，你得小心，如果忽然起风，或者雨太大，它接了太多的雨水的话，它的掌心再也不堪重负，手掌一歪，那些聚集的雨水，就会哗啦啦倾泻下来，将站在下面的你，从头浇到尾，一个透。

到了冬天，有些树的叶子都落光了，只剩下光秃秃的枝，它也就无法为你遮风挡雨了，而那些常绿的树，仍然愿意为你撑一把大伞。春天，是树最茂盛的时候，老的树叶还没有落下去，新的树叶已经长出来，你抬头一看，树冠绿油油，厚厚实实，甚至不漏一点儿天光，一般的小雨，自然也穿透不了它。有时候一场雨都停了，大地已经彻底湿透了，但它的下面，还是会有一片干地，那是它圈出来的，是它的领地，雨奈何不了它。

小时候，每次下雨之后，最喜欢玩的一个游戏是，看到一个小伙伴站在树下面，便偷偷地靠过去，突然摇晃树枝，那些栖息在树枝上的雨滴，经此一摇，全部惊慌失措地坠落下来，树下面骤然下起了一场大暴雨，瞬间将树下面的小伙伴淋淋成落汤鸡。这个游戏的要点是，摇了树枝后，你得快速从树冠下面跑出来，有时候奔跑不及，或者树冠太宽大，自己没能跑出去，也成了一只落汤鸡。

我家的院子里，有一棵枇杷树，树叶宽大而密集，下雨天的时候，我就喜欢拿把椅子，坐在下面，听雨。雨打在枇杷叶上，噼啪作响，那声音，与枇杷树谐音而合拍，雨打枇杷，我觉得这才是真正的雨声。有时候，雨下着下着，忽然有一片枇杷叶，从头顶上面飘落下来，它落下来的姿势，真是美丽温柔极了，它不像别的树叶那样翻转、乱颤，而是保持着一个水平的姿势，缓缓而落。我看见，在它的手心里，有一大滴雨珠。我想，那是一滴雨，乘着一片绿色的滑翔伞，从天而降呢，它带来了天空的消息和春天的消息。

狗记得家的味道

出门溜达，是狗一天当中，最开心的事。

出了门，它就会急不可耐跑在我的前面。有时候，我脚步慢了，或者路上遇到熟人停下来聊几句，它就会扭头看着我，不满、埋怨的眼神，顺着牵引绳传导过来，一紧一紧的，不耐烦的样子。

有一天，走着走着，它却忽然停了下来，围着一辆车，绕来绕去，边转边嗅，还冲着我吠叫了几声，样子很激动。难道这车有什么特别的地方？一看，忍不住乐了，原来这车跟我的车是一个品牌，而且，颜色也一样。没想到这家伙还有这个能耐，能辨识一辆车。拉它走，还是不肯，恋恋不舍的样子。再看车牌，傻眼了，竟然是我自己的车。忽然想起来，昨晚回来迟，小区里没找到车位，就临时将车停在小区外的路边了。奇怪的是，路边一溜停了几十辆车，它是怎么从中认出我的车的？我们人认车，靠品牌、车型、颜色和牌照等来辨识，一条狗显然不是靠这些，它才不在乎你开的是什么品牌的车呢，它认的是气味。这辆车，我开了十来年，车的身上，一定聚集了很多我的以及家人的气息。狗从旁边经过，它就敏锐地嗅出来了，这让它兴奋不已。

狗的嗅觉，就是这么灵敏。

朋友跟我讲过一个趣事。一次，他请了个工人，来家里维修，师傅背了个大包，里面装着各种各样的工具。师傅在修理时，发现缺少一种小型的螺丝刀，将包里的工具都拿出来了，没有。正好朋友家里有，便拿来让师傅用。一会儿，师傅修好了，将散落一地工具，一一捡起来，全部放回工具包，起身告辞。他家的小狗却忽然冲着师傅狂吠不已，师傅进家门时，它不叫唤，怎么师傅告别了，它却如此狂叫？朋友呵斥它，也无济于事。师傅走出了家门，小狗竟然跟着追了出去，一边叫，一边跳起来，试图撕咬师傅的工具包。师傅感觉不对头，停下来，打开包，这才尴尬地发现，刚才收拾工具时，误将朋友借用的那把小螺丝刀，也收进了自己的包里。朋友说，狗不可能认识那把小螺丝刀，但它一定是闻到了螺丝刀上朋友留下的气味，从而认定，那是咱们家的东西，你怎么能拿走呢？

我们养的宠物狗，大多是普通品种，又没有经过特殊的训练，所以，一条家养狗，与搜救犬、缉毒犬、搜爆犬等工作犬相比，显然逊色很多。但你也不要小瞧了它，任何一条狗，都会清晰且牢牢地记住，它的每一个家人的气息和味道，甚至一辈子不忘。狗很难丢失，就是因为它们能够根据气味，找到回家的路。

有一次，遛完狗回家，发现小区竟然停电了，电梯不能使用了，没办法，我和狗只能爬楼梯回家。我们这幢楼将近三十层，我家住十三楼，我还从没有爬楼梯回家过。狗跑在我的前面，二楼、三楼……七楼、八楼，唉，我已经气喘吁吁了，连数楼层的力气都没有了。狗忽然停了下来，伸着长长的舌头，哼哧哼哧地喘气。我摸摸它的头，鼓励它，继续爬，应该快到了。它却站在楼梯口，死活不肯往上爬了。我走到电梯口，那里有楼层牌，想看看已经爬到几层了。这一看，我乐了——十三层，到家了。一条狗也能够识数吗，竟然还能默数到十三？当然不是，它一定是嗅到了从十三楼散发出来的熟悉的气息，那是家的气息、家的味道。

狗就是这么神奇，它不在乎你住多大的房子，开多好的汽车，穿多么名贵的衣服，也不在意你是不是富有，有没有身价，会不会成功，它只记住你和每个家庭成员的气息，它只在乎家的味道。它永远能从繁杂的气味中，准确地嗅到它们，辨识它们。熟悉的味道，让它感到安全而温暖，也让它深深迷恋，并执着地坚守一辈子。

活在水里的菜

昨天买回来的菜，已经蔫了。

是一把青菜，买回来的时候，绿油油的，嫩嫩的。卖菜的大姐说，这是她一大早，踏着露水，刚从菜地里摘来的。菜叶上还有水珠，在菜市场的日光灯下，闪着白净的光。大姐说："你瞧瞧，这还带着露水呢。"

我不能确定它是不是露水，但可以肯定的是，它是新鲜的，真的新鲜，比菜场里的别的青菜更新鲜，它是直接从菜地来到了菜市场，没有长途劳顿，也没有被踩躏。便毫不犹豫买了两把，一把当天就吃掉了，一把留到了第二天。它却蔫了。越新鲜的东西，越不容易保鲜；越嫩的东西，越容易蔫掉。

本打算扔掉，妻子说："你放清水里泡泡看。"

水池里放满水，我将青菜散开，放了进去。

十几分钟后，回到厨房，惊呆了。水池里的青菜，像是复活了。原本软软的、蔫蔫的菜叶子，忽然又硬了起来，挺了起来，绿了起来。就像一群在操场上做操的孩子，一棵棵青菜，伸胳膊踢腿，你推着我，我挤着你，伸展开，蓬勃开。这些可怜的菜，已经被摘了根，没了根也没了土，我不知道它们是怎么将水又吸进自己的身体里的。也许一棵青菜的任何一部分，都长着细小的嘴，它不但能呼吸，还能将水和阳光，通通吸收到自己的身体里。

一把青菜，一把已经萎掉的青菜，就这样，在水的滋润下，又活过来了，恢复了它作为一棵菜应有的鲜活和嫩绿。

如果你经常去菜市场买菜，你就会发现，卖菜的大姐，每隔一段时间，就会用一个喷壶，给摊位上的菜喷点儿水。我曾经狭隘地以为，她是为了让菜重一点儿，好卖出更多的价钱。现在我才明白，这是保鲜的需要，换句话说，她是为了不让菜因干枯而死。虽然这些菜，已经离开了土地，被连根拔起，但只要有一滴水，它们就还能活着，并努力保持着新鲜的样子，显出勃勃的生机。

当然不只是青菜，几乎所有带叶的蔬菜，芹菜、芫荽、菠菜、茼蒿、空心菜、木耳菜……水都能让它们在离开大地之后，仍然活着。虽然这活着，是暂时的，是苟活，更像是一种假象。

小时候，妹妹总是偷偷地从菜篮子里拿一颗菜出来，在墙根挖一个小坑，将这颗菜种下去，那是她的小菜园，到了春天，那又是她的小花园。她插过的柳树活下来了，她插过的栀子花也活下来了，唯有菜，一颗也没有活下来。妹妹很不解，很委屈，为什么看起来最容易活下来的菜，却总是养不活。菜啊，你回到土壤了，我也给你浇水了，甚至还埋了几颗鸡粪给你做营养，你咋就不能活过来呢？长大之后，我的妹妹成了农妇，种了十几亩的庄稼，还有几块菜地，那些农作物，就像她无数的孩子，苗壮而滋润，她是侍弄庄稼的能手，也总是得到丰厚的回报。

很长一段时间，我负责给家里的菜园子浇水。特别是夏天，每天都得浇，一日不浇水，菜就会干死。早上浇一次，晚上浇一次，但你绝对不能在烈日下浇灌它们，那样的话，水就成了它们的毒药。烈日下，我们口干舌燥，水能帮我们解渴，还帮我们降温，但菜不行，你一瓢水泼下去，即便是井里的冷水，也会让菜在烈日的蒸腾之下，焦枯而死。菜不怕毒日的暴晒，它有办法自救，一片叶子给另一片叶子遮阳，而烈日之下的水，会让积攒在地里的热气，也激发出来，从土壤的内部烘烤，菜哪里受得了。

来到了厨房，菜就不再是活的植物了，它成了真正的菜，等待下锅。它已经离开土壤几个时辰，也许更长时间，开始慢慢发蔫、枯萎，一副垂头丧气的样子。不过，就算来到油锅边了，你给它洒一点儿水，或者泡在水里，它依然会打个激灵，即刻恢复活下去的信心。你看看，它的茎又挺括了，它的叶子又嫩绿了，它又显得生机盎然了。就算很快就成为盘中的一道菜，它也要端端庄庄、绿意盈盈、生机勃勃的。

我家厨房的窗台上，永远摆着一个小瓶子，放满了水，吃不掉的小葱，就像一朵花一样，插在瓶子里，它能这样活上一天，两天，一个星期。只要有一滴水，一棵菜就会顽强地活下去。它与窗台外那些扎根在地里的大树一样，等着春天，等着雨水。

　　而我，已经在这个城市浪迹多年，疲惫不堪，有时候还萎靡不振，但我也在努力活下去，我的那滴水，就是我心中的期待和希望。

苦瓜炒苦瓜

　　奶奶从菜地回来，篮子里盛着辣椒、油菜，还有两根苦瓜。我知道，这就是我们今天吃饭的菜了：一盘炒油菜，一盘辣椒炒苦瓜。

　　我不喜欢吃苦瓜。苦瓜苦啊。油菜不苦，我也不喜欢吃。还有奶奶菜地里的其他菜，我都不喜欢。天天吃的都是它们，我早腻烦了。如果这些菜里，能放一点儿肉，哪怕只是一点儿肉星，它们也会瞬间变得美味无比。可是，没有肉，不会有肉，奶奶买不起。日子本来就艰难，爷爷患病后，家里就更是捉襟见肘，还要供我上学，哪里有闲钱去集市上割肉？

　　上学也苦。奶奶不识字，但她知道孙子上学的苦。学校离家远，我是住校的，天气冷的时候，我都是自己带菜的。每个星期天，奶奶都做好菜，装在一个大瓶子里，这就是我一个星期的伙食了，除了在食堂里打五分钱的饭，我几乎不在食堂买菜。食堂里偶尔有红烧肉卖,两毛钱一份,买的人并不多,大多数从乡下来的同学跟我一样,吃不起。但我们一定会端着饭碗,若无其事地从那盘红烧肉前转一圈,鼻子偷偷吸几口,空气里弥漫的肉香,也可以解解馋。天气一热,带的菜就只能吃一两天,不然就馊了,变质了。后面几天,就只能在食堂打饭,并买菜。我只买蔬菜,蔬菜便宜啊,三分钱、五分钱一份。但食堂里的蔬菜更难吃,大锅烧出来的,还没什么油,这样一比较,还是奶奶给我带的菜好吃一点儿。更准确的说法应该是,奶奶做的菜更下饭一点儿,因为咸,而且辣。

这是高考前,我最后一次回家。奶奶本打算去集市给我割几两肉回来,补补身体,也解解馋,但是,考场是在县城,需要自己花钱住旅馆,我知道奶奶将家里最后的十几元钱,全给了我,她真是身无分文了。

奶奶在厨房里忙着午饭,吃了饭,我就得赶回十几里外的学校了。我陪在奶奶身边,看她做饭。

奶奶将青菜洗净,又将两根苦瓜洗洗,从中剖开,去籽,去瓤。一根苦瓜切成片,盛在碗里,另一根苦瓜也切成片,盛在另一个碗里。我有点儿纳闷儿,为什么要分成两个碗?这时候,锅里的水烧开了,奶奶用瓢盛了开水,倒进一个碗里,碗里的苦瓜被滚烫的水兜头一浇,上下翻滚,水里渗出一丝绿汁来,空气里也弥散着一股苦瓜的青涩和苦味。苦味是能被激发出来的,譬如这苦瓜,翠绿的瓜身里,就掩藏着它与生俱来的苦,经沸水这么一浇,苦味就滋滋地冒了出来。苦瓜的苦可以被激发,或者说被逼将出来，但你无法将它的苦都去除干净，就算你用足够的糖去中和与遮盖，也无法完全掩饰它的苦。你咂一下嘴巴，回味里，一定还是它的淡淡的苦味。

奶奶用筷子将沸水里的苦瓜拌拌，漂浮在水面上的苦瓜，也被揿进了沸水里，然后，将水淋掉。再看碗里的苦瓜，变得更绿了，沸水似乎也未能将它们烫软，它们的样子，看起来反而更坚而脆。我以为奶奶会接着用同样的方法，将另一个碗里的苦瓜，也用沸水烫一下。没有，奶奶将锅里的水舀干净，倒了一点儿菜籽油，待油热，将那碗没有烫过的苦瓜倒进锅里，翻炒，加盐，加蒜泥。

我已经习惯了我们家厨房里，这股青涩里带着一丝辛辣或酸苦的滋味，很少有肉香。就连那口大铁锅，也因为缺少荤菜和菜油的滋润，而变得跟我一样瘦瘦巴巴，失却了一口锅应有的油润。我帮奶奶在灶膛里加把柴，继续站在一边看奶奶烧菜。奶奶见锅里的苦瓜炒得差不多了，将另一碗烫过水的苦瓜也倒进锅里，快速翻炒了几勺，出锅，盛进了碗里。

吃饭的时候，奶奶告诉我，她今天做的这道菜，名字叫苦瓜炒苦瓜。我咧咧嘴，不知做何评价。揀了一片苦瓜，送入口中，软软的，苦苦的；又揀了一片苦瓜，尝一尝，毫无意外，也是苦的，所不同的是，它不像第一片那么软塌塌，而是清脆的。

这是我第一次吃奶奶做的苦瓜炒苦瓜。一个烫过水，一个早入锅，除了软和脆之外，它们似乎并没有多少不同，而它们的苦却几乎是一样的，沸水没能带走一碗苦瓜的苦，反复地爆炒，也未能赶走另一碗苦瓜的苦。我印象里，奶奶一辈子都是愁苦着脸。她的腰，早早地被生活压弯了；她的脸，从我记事起，就是沟壑纵横，苍老不堪。她偶尔蹦出来的一点儿"风趣"，让我既想笑，又想哭。比如有时候她的菜园子也荒芜了，家里只剩下土豆，她就会给我们做一盘"土豆烧地蛋"，我以为地蛋是什么好吃的，后来才知道，奶奶娘家那边的人，就管土豆叫地蛋。奶奶的这碗"土豆烧地蛋"，切成块状的是土豆，而切成圆丁状的，就是地蛋。

我嗔怪奶奶，为什么不在苦瓜里放点儿辣椒，那样的话，至少增加点儿辣味，让苦瓜不那么苦。奶奶端着饭碗，筷子顿在半空，想了想，说："娃娃啊，你知道吗，辣椒能盖住苦瓜的苦，苦瓜却不能将它自己的苦，传给辣椒。有些苦啊，只能自己受着呢。长大了，你就能明白了。"

那一年，我十七岁。一个星期后的那场高考，改变了我的命运。四十年过去了，奶奶早已不在人世，但奶奶在考前为我做的那道菜"苦瓜炒苦瓜"，我至今不敢忘记它的滋味。多年以后，读到徐渭的那句"遇苦处休言苦极"，恍然顿悟，人生就像奶奶烧的那碗苦瓜炒苦瓜：有一种苦是硬的，还有一种苦是软的；有一种苦是身苦，还有一种苦是心苦。唯有苦尽，才有甘来。

南门江上有座桥

　　杭州城南，南门江穿城而过，南下，奔乡村去了。追着河水奔流的，还有两岸的楼房，都往南郊外一路狂奔，比河水跑得更快。几年前还是田野，现在都是齐刷刷的楼房，原本还算宽阔的河道，被夹在一幢幢楼房和一个个小区之间，显得越来越逼仄。

　　南门江上建了好多桥，跑汽车的，跑高铁的，大大小小十来座。有的桥，你如果是开车从上面经过，都看不出它是一座桥，南门江到了这里，只是被束了束腰。像很多河流一样，你在南门江上，已经看不到船了，没有船，桥就没必要抬高，只要水能过去就行。水又是最好说话的，给它留几个孔洞，它就挤挤挨挨钻过去了。

　　但南门江上有一座桥，建得高高大大，远远一看，它就是一座桥，有桥应有的样子，中间拱形的桥洞高高隆起。它也是唯一以南门江命名的桥。南门江桥的东边，是一个叫泰和的居民小区，西侧，是潘水小区，都是人口逾万的大小区。当初建这座桥，就是便于两个小区的人员交通往来吧。奇怪的是，这座桥却不能通汽车，只供行人通过，连自行车也只能推着上桥，到了桥顶，下桥，手上还得捏着闸，坡度有点儿大，车轮跑得比你的双腿快，容易把人带翻。偶尔也能看到不服气的青年，骑着自行车硬往上冲，冲到一半，没力气了，车轮往回滑，腿长的赶紧用脚支住，腿短的很可能会跌个"狗吃屎"，狼狈不堪。

一座不能通车的桥，寂寞是难免的，白天，你很少能看到有人从桥上经过。住在东边泰和小区的人与住在西边潘水小区的人，似乎也并没有多少来往的愿望和必要，泰和有自己的农贸市场，潘水也有自己的小吃店、理发店和幼儿园。城里的小区，可不像乡下的村庄，来往那么密切。真有亲戚或者朋友住在对面的小区，开着车，从南门江桥北边的桥开过去，或者从南门江桥南边的桥绕过去，都方便得很。多出来的两三公里路，车轮子多转几圈而已。城市越大，距离反倒越不是问题了，这真是一个有趣的悖论。偶尔看到站在南门江桥上的人，很可能是钓鱼的，鱼竿从高高的桥面伸出去，钓的是一江空阔。

然而，一到晚上，南门江桥却忽然热闹起来。住在泰和的人，从东面走上了桥；住在潘水的人，从西面上了桥。上了桥，你就分不出，他是从哪个方向，哪个小区上来的了。再说，从哪个方向来的有什么关系，他们又不是要到桥的对面去，他们就是到南门江桥上来的。

夜晚的南门江桥，有什么吸引人的吗？

你看看孩子的笑脸，就知道了。南门江桥是木质桥，整个桥，是全木打造的。桥的中间部分，是步行的台阶，桥的两侧，是供自行车推行的滑道。他们就从台阶走到桥顶，然后，顺着两边的滑道哧溜滑下去。一个孩子滑下去，另一个孩子，脚蹬着前面孩子的屁股，也跟着滑下去。桥的左右，各有一个滑道，这就有了两个，东坡有两个，西坡也有两个，这就有了四个，不用争抢。有的孩子，只从桥顶滑到一半，用脚止住，爬起来，走回桥顶，再滑下来，周而复始。这是整个桥坡，坡度最陡的一段，刺激。也有的孩子，是要从桥顶一直滑到底的，三四十米，哧溜哧溜，一滑到底，酣畅淋漓。不危险吗？桥两侧，都有高高的密实的护栏，安全着呢。

带孩子来的，有的是父母，有的是爷爷奶奶。住在潘水的人，很多是拆迁户，有的是回迁的，有的是附近村庄的，很多是熟人。就算以前不熟，你家的小孩儿，与他家的小孩儿玩在一起了，大人也就自然熟络了。住在泰和的人，当初买这个房子的时候，也多是考虑养老的需要，那时候，这里还是城郊，临水，环境好，宜居。谁也没想到，短短十来年，城市又往南奔了好几公里，这里也成了闹市区。单单这个话题，就够那些曾经熟悉的或者刚刚认识的老人感慨唏嘘不已。年轻的父母们，更愿意站在桥顶，往北看看，是老城区，南门江拐弯的地方，就是自己读书的中学，往南眺望，灯火尽处，可能是公司新建的写字楼。

似乎南门江桥就是一个周边的人们晚饭之后散散步、遛遛娃、聊聊天、四处张望几眼的地方，你又错了。一个拿着手机，讲着外乡话的年轻人，他可不是来看风景的。杭州城里，到处是风景，不必大老远跑来。他在等一个人。从南门江桥往东，是曲径通幽的南门江公园；往西，是现代气息浓郁的文化广场。这两处，都是年轻人约会的好去处。南门江桥只是一个碰头的地点。南门江桥的边上，就是地铁站，小伙子要等的人，多半会从地铁站走出来，抬眼，就能看见亮着缤纷灯光的南门江桥，还有人影绰绰中正焦急地等待自己的人。

也有人看到了其中的商机，卖花的、卖小玩意儿的、卖零食的，也不用摊位，身上背着，手里拿着，这就是一个流动的小铺。不吆喝，也不推销，只是在桥上来回走动，不招人嫌，自然地融为南门江桥夜色的一部分。偶尔匆匆跑过的人，是穿着黄色服装的快递小哥，只有他，是要真正过桥的，以最快的速度，把人家需要的东西，送到桥东，或者桥西。

一座桥，不以通行为目的，它还是一座桥吗？你在杭州，尤其是运河之上，能看到很多像南门江桥一样的桥，它们正在丧失一座桥的固有作用。那是因为，它们的左右，有更宽阔的桥，便于你通行。而像南门江桥这样的桥，在逐渐失去通行作用的同时，正成为日常生活的一部分。就像我们人生中的很多东西一样。

遇到一个"坏蛋"

老家来人，给我带了一篮子鸡蛋。

这可是正宗的乡下草鸡蛋，鸡是散养的草鸡，蛋是草鸡在鸡窝里下的蛋。一篮子鸡蛋，约莫百枚。我知道，即使在乡下，想一下子收集到这么多的草鸡蛋，也不是件容易的事。多半是我这个小老乡，拎着个篮子，挨家挨户，一枚一枚地收集，一个鸡窝一个鸡窝去掏，才积攒了这么多的鸡蛋送给我。

到底是草鸡蛋，好吃。煎蛋、炒蛋、煮蛋、蛋花汤，怎么做，味道都鲜美。乡下家养的鸡，吃虫子，吃五谷杂粮，天天在前坡后院撒野；下的蛋，也是有活力的蛋、有滋味的蛋、有营养的蛋。

蛋虽好吃，但家里只有我和老妻两人，一天也只能消灭三两枚，这不，都一个多星期了，还剩下六七十枚。天热，怕鸡蛋被捂坏了，都存在冰箱里。

今天做晚饭时，取出三枚鸡蛋，准备做一盘西红柿炒鸡蛋，这是我和妻子都爱吃的一道菜。拿起一枚鸡蛋，轻轻在碗沿一磕，鸡蛋裂开一条细缝，双手轻掰蛋壳，蛋清裹着蛋黄，滑入碗中。我必得在此得意地描述一下这枚来自乡下的草鸡蛋：蛋清如山泉之清，似丝绸之滑，若豆腐之嫩；蛋黄就更妙不可言了，它的底色是鲜红的，红中却含着黄，恰如晨曦中升起的镀着金边的旭日。这样一枚来自乡下的草鸡蛋，遑论其口感口味，单单其形其色，就令人垂涎。事实也正是这样，这些草鸡蛋带给我的享受，是从我每天拿起一枚，敲开那一刻就开始的。那轻轻一磕，如敲乐盘，是我每天平淡生活中美妙的一响。

我又拿起了一枚鸡蛋，这将是第二枚快乐。轻轻在碗沿一磕，鸡蛋裂开一条细缝，双手轻掰蛋壳，蛋清裹着蛋黄，滑入碗中……

却是一枚坏蛋！

是一枚不但散了黄，还黑了的、散发出恶臭的鸡蛋。它就像一坨污秽，铺天盖地地滚入碗中。第一枚鸡蛋，那么好的一枚鸡蛋啊，也即刻被它污染，混成一碗恶臭。

我一手捂着鼻子，一手拿起那只碗，把碗中的鸡蛋飞快地倒入水池中，拧开水龙头，哗哗地冲洗。一遍遍地冲洗，却怎么也洗不掉它留在我眼中的那团乌黑的影像。没有心情再做什么西红柿炒鸡蛋了，改成西红柿炒番茄也罢。

阴影就此留下。还剩下的六七十枚鸡蛋，总不能扔了吧，但谁知道，哪一枚鸡蛋是好的，哪一枚又是坏了的、臭了的、不能吃的？老妻嘱我，尽快将剩下的鸡蛋吃完，不然，变质的也许会更多。以前每次打鸡蛋，心情都放松而愉悦，如敲管乐，自出现一个坏蛋后，每拿起一枚鸡蛋，都疑神疑鬼，担心它是坏蛋，心情惴惴而惶恐。之前不管打多少鸡蛋，都是用一个碗，现在，不敢了，一个鸡蛋，用一只碗，一个一个地打，最后，再混合在一起。我可不想因为后面的一个坏蛋，而将前面所有的好蛋都糟蹋了。

剩下的鸡蛋里，没有再出现坏蛋。这确是幸事，但那枚坏蛋，却给我留下了挥之不去的阴影，每拿起一枚鸡蛋，都担心它，会不会是一枚悄然变质了的鸡蛋？它糟蹋的，不仅是另一枚好蛋，还有我对其他鸡蛋的好感和信心。

这，也许才是最可怕的吧。

走“运”

　　城河在我们单位前拐了一个小弯。城河是一条运河，也是京杭大运河的一部分。如果它的水一直向北流的话，穿过钱塘江，它就能汇入大运河，与大运河的水真正地融为一体。但我看到的它，却是向东流的，与大运河的流向正好相反。其间又隔着总是奔涌的钱塘江，因而总让人疑心，它到底算不算京杭大运河的一部分。

　　但它确也是一条运河。单位就在它旁边，我们因而有机会，每天绕着它走几圈，好事者谓之走“运”。两侧绿树成荫。南方的街、南方的道、南方的路，多是林荫道，这本无奇，但遇到酷暑，或连日无雨，人们便要忙着为这些树浇水，以免其干渴而死，唯这运河两侧的树，从不用浇灌。它的根，往下扎，再往下扎，就到了河床，可以饱饮。如果树的根扎得不够深，也没关系，城河的水，一向不以奔腾为乐，其中的一些水，自己钻进河床的土里，慢慢地向上浸润，它总能在土中找到树的根须，予它以甘露。这一切都悄悄地发生在我们的脚下，我们看不见它们的秘密。

树的叶子落下来，必有三五片，或许更多，是要落在城河里的。河水将它接住，让它漂浮几日，回望几眼树冠，再沉下去，或者让缓缓的水流带走。它们从不着急，叶子落下来，水将叶子流走，这都是迟早要发生的事，无须急匆匆。我们走"运"时，目光落在河面上，亦如这落叶，或者下沉，或者漂走，沉不下去的，漂不走的，我们就收回到我们的眼中，带到梦里去。

大多数的时候，我们看到的城河是静止的，不南去，也不北往。一个偶尔从河边走过的人，便分不清自己是顺流呢，还是逆流。经常能看到有人呆呆地站在河边，盯着河水，他的眼睛深邃得能洞穿人世，但终未能让城河的水动一动，因而城河看起来一点儿也不像条河，而更像是死水一潭。那人悻悻地走了，他的影子在水中走动，使水晃荡起来，可惜他自己看不见。就像我们这些走"运"的人，我们看见了河对岸的人的影子，对岸的人也看见了我们的影子，我们自己却什么也没看见，以为什么也没有发生。

由东而西走，再折回来，这是顺时针；反过来，自西而东，再折返，这是逆时针。我们这群走"运"的人，有人习惯顺时针，也有人偏爱逆时针。我们必在河的某一段会合，再分开。城河才不在意你是顺时针还是逆时针，它顾自安静，或者边缘的水一旦觉察到了落差，它就顺势而动。只要它想流动的话，它自知往哪里去，与岸边行走的人，完全无干。也有的人，遇到了对向走"运"中的熟人，掉头加入了他们的队伍，这有点儿像水流着流着，遇到了一块石头，便打个旋涡。水还是那些水，而且最终必随水流而去，停一停，或者打个回旋，或者溅个浪花，都没有关系。

如果没有桥，我们就只能折回来。但是，有桥，很多的桥。你就可以绕到对面去，再从另一座桥绕回来。走"运"的人，最后都是一个闭环。大小不同而已。如这一天，从早到晚，如这一辈子，从生到死。城河上的桥，有两种：一种新桥，宽而平，新而坦，是车跑的路；一种老桥，窄而陡，旧而崎，是供行人走的路。老桥大多成了古迹，是城河的记忆，走的人并不多。但若干年前，它必是热闹的，它的每一块石板，被磨得有多光滑，有多铮亮，它的过往就有多辉煌。还愿意走上老桥的人，多不是为了过河，他们是想走进过去的一段岁月里。老桥之上，时见有人在桥墩上静坐，如果衣着暗淡一点儿，与桥墩一体，他就成了岁月的一部分。走"运"的人，都喜欢穿过这些老桥折返，它的石阶与柏油路面衔接，其缝隙就像清晨天边的霞光，将黑夜与白昼，焊接在一起。

我喜欢在桥上坐一坐。走"运"也会累的，我且停下脚步，看河水穿越千百年，来到我的身边。脚下是城河，你可以一脚踏进去，也可以纵身跃下去，唯独无法将它踩在脚下。你怎么敢将一条运河，踩在自己的脚下？此刻，老桥之下的运河之水，或静止，或缓流，如这悠悠岁月，如这苍狗般的一生。倘若是夜晚，除了我们单位大楼里亮着的灯，还有两岸的万家灯火，都如星辰般落进这古老的运河里，河水不能点亮它们，亦不会熄灭它们，它只包容，只映衬，只与它们同明同暗。走"运"的人，如一滴水，早晚也会融入这大运河之中，成为沧海之一粟。

阳光照到哪儿，就落地生根

太阳出来了，将阳光洒在我的面前；太阳落山了，阳光被收了回去。从我小时候，第一眼看到阳光，太阳就一直跟我做这个游戏。

我跟爷爷说，我想捉一点儿阳光，留到晚上，照亮我的夜晚。那时候乡下没有电，爷爷又舍不得点煤油灯，夜晚都是漆黑的。邻居家也是。全村的人都是。没有大事，谁舍得点亮煤油灯，赶走包围我们的夜色？

爷爷笑着说让我捉捉看。我就捉。用手去抓，去握，去扑，去掬，去兜……我能想到的办法，都用上了，阳光就在我的手心。不信，我展开双手，你就能看到，它们就在我的掌心，亮晃晃的，暖和和的。可是，只要我回到屋里，只要我松开双手，它们就逃走了，溜到了屋外，比穿堂的西北风跑得还快。我又拿出爷爷的网兜，像爷爷捕鱼那样，用力撒出去，网住了一地的阳光，还漏出网眼，星星点点，很好看的样子。我拖着网兜回到了家里，打开，一无所有，阳光都变成小鱼，从网眼钻出去逃走了。

我无法捉住阳光，哪怕只是一粒。那个夜晚，天不黑，有月亮，月光从窗棂射进来，照见了我脸上的失望。爷爷安慰我说："你看看，这也是阳光呢。"我虽然小，还没有上学，但是我知道阳光是阳光，月光是月光，哪能一样呢？就像爷爷是爷爷，奶奶是奶奶一样；就像我的爷爷是我的爷爷，小黑子的爷爷是小黑子的爷爷一样。爷爷说："娃，这你就不知道了，月亮本来也是黑的，黑得跟大年三十的夜晚一样，伸手不见五指，阳光落在了月亮上，就落地生根了，到了晚上，月亮就将阳光放出来，照亮大地。"

我信爷爷的话，爷爷从来不骗我。我问爷爷："那照到别的地方的阳光，也会像照在月亮上的阳光一样，落地生根吗？"

爷爷点点头，说："娃，你仔细找找，到处都有落地生根的阳光。"

果然，很快我就找到了。我是在我的被窝里找到的。那天，阳光特别好，奶奶将我们的棉被都拿到了阳光底下晒。我看见阳光落在被子上，亮晃晃的，暖和和的，但它们是怎么钻进去的，又是怎么藏起来的，我没有看见。只是到了晚上，我钻进被窝里，感觉棉被比以前变轻了，松软了，暖和了，还带着淡淡的香味。奶奶说，那是阳光的味道呢。我喜欢这样的味道，我喜欢在我家棉被上生根的阳光，像棉被一样包裹我，像白天的阳光一样照亮并温暖我。那一晚，我睡得踏实而香甜。

我在我家屋前的狗尾巴草上，也找到了阳光。它的叶子被鸡啄过，它的根被猪嘴拱过，已经半死不活了。可是，第二天的阳光落在了它身上，它就活过来了。阳光让它生出了新的嫩芽，又从它的嫩芽钻进去，进了它的茎，它的根，狗尾巴草的根有多长多深，阳光就能扎进去多长多深。你看看，南墙根的草之所以比北墙根的草又茂又盛，就是因为落在上面的阳光，都落地生根了。

更多的阳光，在我们家的菜园子里，落地生根。我奶奶只是撒了一把菜籽，将阳光吸引过来，用不了几天，原本光秃秃的菜地里，就冒出了无数的嫩芽，它们是伸向天空的小手，接住阳光。但这一点儿阳光是不够的，它们就努力让自己的叶子变得更宽更大，这样才能接住更多的阳光，就像我们村里娃娃最多的人家，要盖最大的房子一样。太阳天天都会升起来的，也会天天来到我们家的菜地，来了一批，就住下一批，直到阳光多得挤不下了，它们就爆裂，开出一朵朵花。如果你分不清它们是茄子，还是西红柿，是辣椒，还是黄瓜，没关系，你就跟我们村的大头一样，喊它阳光花，所有的花都是阳光花。阳光自己知道，它住在了茄子的枝叶上，就让它结出茄子；如果是住在西红柿家，就让它结出红红的圆圆的西红柿。

落地生根的阳光，从来不会出错。它落在水稻田里，就让水稻抽穗、灌浆，让阳光变成一粒粒稻米；它落在西瓜田里，就结出一个个瓜纽，一个瓜纽里，住进的阳光越多，它就越大、越圆、越甜，等到夏天，阳光最炽烈的时候，你打开一个西瓜，它的瓜瓤，就像天上的太阳一样，又红又沙又甜；落在棉花地里的阳光最调皮，它让棉花先开一次花，然后，结果，再让那些果子炸开，爆出另一朵白花来。那朵白花爆得越猛越热烈，到了冬天，它就越暖和。你明白棉花为什么那么暖和了吧，是藏在里面的阳光，开了两次花呢。

有一年春天，我生病了，在屋里躺了十几天，吃了好多药。奶奶心疼地说，小脸都白了呢。稍微好了一点儿，奶奶将我抱到屋檐下，让我晒晒太阳。我已经好多天没有见到阳光了，阳光也好多天没有看见我了，我们第一次见面，我都不好意思睁开眼睛。阳光比我大方，比我热情，立即洒满我全身。我很快就感受到了它的好意和热情，它从我的头发、眼睫毛以及全身的毛孔，钻了进来，在我的身体里撒着泼，打着滚，像跟我一起长大的土狗小黄每次见到我时一样。钻进身体里的阳光，让我像狗尾巴草一样，活过来了，我奶奶高兴坏了，她看见我脸上又有了血色，那是在我身体里生了根的阳光呢。

小时候，我一直以为，只有照在我家菜地和庄稼地里，以及照在我们村里的阳光，才落地生根，让我们村总是郁郁葱葱，生机盎然。长大了，我走出了山村，去过很多地方，才发现，阳光照到哪儿，它都会落地生根，你看到的万物，都是阳光的化身呢。

西瓜伴侣——石头

　　如果我是一个西瓜的话，我愿成为西部戈壁滩上的一个西瓜。

　　一个西瓜，不是应该在良田里生长吗？土壤肥沃，水分充足，这是大多数植物的理想之地。西瓜不一样，或者说，新疆和宁夏等西部地区的西瓜，与别处的西瓜不一样，它们少有黑土地，也没有充沛的雨水，唯有戈壁滩、阳光，还有亲爱的西瓜伴侣——石头。你走在西部，随处可见大大小小的石头，这些石头，你看见它的时候，它就那么大又那么硬了，它的一辈子，不会生长，你不会看到一块鹅卵石眨眨眼就变成了大石块，它不会这个魔术，但它能助一个西瓜长得更大，变得更甜，这才是它魔幻的地方。能伴随一个西瓜，从一个小瓜组，变成一个长长的大西瓜，这是西部戈壁滩上每一块石头的梦想。对一个西瓜来说，石头就是它亲密的伴侣，也是慈祥的妈妈，还是睿智的导师。

有一年夏天，我们到新疆旅游，一行十个人，买了一个西瓜，竟然没能吃完，大家都吃撑了，肚子都溜圆了，嘴巴全被西瓜甜腻歪了。那是我第一次见到那么大的西瓜，也是我第一次吃到那么甜的西瓜。我问卖瓜的人为什么新疆的西瓜这么大，又这么甜。卖瓜的大爷说是因为阳光和石头啊。我知道西部的阳光特别强烈，这有利于西瓜以及葡萄等作物的生长，我也知道西部的戈壁滩上多的是石头，但我实在不明白，西瓜和石头之间，能有什么关联。大爷说我去西瓜地看一看，就明白了。

我们还真在当地导游的安排下，去了一块西瓜地。下了车，我们就惊呆了，西瓜地里，全是石头和"石头"。石头是真石头，远远看起来像石头的"石头"，其实是西瓜。它们仿佛都是从斜坡上，滚落到这块稍稍平缓之地的。时已九月，瓜藤和叶子，已开始枯萎了，西瓜和石头，就都暴露出来了。我的家乡江南，也是种西瓜的，你在地头往西瓜地张望，绿油油一片，西瓜就像一个个没有完全藏住的秘密，露出一块块圆圆的脑袋。在江南，摘瓜时，必得顺藤摸瓜，在宽大密集的藤和叶下，捉到一个成熟的西瓜。西部的瓜地，完全颠覆了我的认知，那么细的藤子，那么小的叶子，却结了一个个那么硕大的西瓜，简直让人担心，如果地再陡一点儿，那些大西瓜，就要拖拽着瓜藤，滚走了。更奇怪的是，每一个西瓜上，都压着一块石头。

你没有看错，每一个西瓜上面，都压着一块石头！难道是真的怕西瓜滚远了吗？正在地里摘瓜的汉子，被我们的好奇和无知逗乐了。他挑了一个瓜，请我们吃，在我们吃瓜的时候，他跟我们讲了石头和西瓜的故事。

"一个西部的西瓜，它的一生，都是与石头结缘的。戈壁滩上，泥土金贵得很，只有种子和根，才能有一点儿土壤。瓜藤，只能在碎石子上攀爬，当藤开了花，结了瓜纽，瓜纽也几乎必然地落在某块石头上，一块石头，就成了这个小瓜纽的床。即使是盛夏的时候，瓜地里也不像你们南方那样，到处翠绿，西部的西瓜叶，都是碎小的，它们要将能量和水分，让给西瓜呢。西瓜大如拳头的时候，你在地边瞅一眼，就能估摸出今年的收成了，西瓜都露在那儿呢，你能够数出来。"汉子忽然笑了起来，接着说："也有糊涂蛋，将石头当成了西瓜。不过，真正的瓜农，是不会看走眼的，石头是石头，西瓜是西瓜，它们到底是不一样的。"

"到了西瓜更大一点儿的时候，你就得走进瓜地，给每一个瓜压上一块石头。石头不能比瓜大，那就将瓜压坏了，也不能太小，太小压不住呢。""为什么要给西瓜压一块石头？"汉子拍一拍身边的西瓜，说："你看看，我们的西瓜，都是长的，而不是你们南方常见的那种圆鼓鼓的，除了品种不一样外，还因为，我们给它都压了石头，这样，承载了石头重压的西瓜，就会横着长。那为什么要让它横着长呢？是为了让它有更多的面，接受到阳光的照耀。"

当然，石头可不仅仅是为了给西瓜重压，还能让西瓜变得更甜。汉子的话，让我们惊讶不已，难道西部的石头里，含有什么特殊的营养，以供西瓜吸收吗？汉子哈哈大笑，说："当然不是。压在西瓜上的石头，白天的时候，能快速地吸收阳光的能量，并传导给压在它下面的西瓜，而到了夜晚，石头也凉得更快，变成一块块冰凉的石头，它也同样将它的凉气，传导给西瓜。让热更热，使凉更凉，这就是为什么一块石头，能让西瓜变得更甜。"

真没想到，一块小小的石头，里面还有这么多奥秘。这样的石头，集严父与慈母一身，激励、呵护着西瓜的成长。说它是西瓜的伴侣，还真是名副其实呢。这是石头的功效，更是当地瓜农的智慧。汉子说："给西瓜压一块石头，还有一个作用，咱们这儿大鸟很多，它们会偷食西瓜，当大鸟落在西瓜上的时候，就可能将瓜上的石头扒拉掉，而石头从瓜上滚落时，会发出响声，吓跑大鸟。"一石惊鸟，单单想一想这个画面，人就忍俊不禁。

在西部，你大快朵颐一块又甜又脆的西瓜时，会不会想到，你其实也是在啃食一块甜蜜的石头。西部，就连一块石头，都这么神奇。

告别的时候，我们偷偷在汉子的瓜堆旁，放了一张钞票，用小石子压住。如果你用心倾听，西部的每一块石头，都有一个故事呢。